稽古とプラリネ

Akari Itoh

伊藤朱里

筑摩書房

稽古とプラリネ

秋

製菓とシネマ

小さいころから、南はよく大人に「想像力を持ちなさい」と言われてきた。

あなたは行動力のある子だけど、思い込んだらまわりが見えなくなるところがある。なにか言ったりやったりする前に、まず人の気持ちを考える癖をつけなさい。でも、とそのたびに内心で抗議していた。自分ひとりの頭で人の気持ちを完璧に想像できると思えるなんて、むしろおこがましいんじゃないだろうか。

しかしまあ、そんなふうに考える子供だからそんなお説教を食らうわけで、まんざら的外れでもなかったのだろう。現にこうして三十路を目前にして、しみじみと自分の欠点を噛みしめている。

「そんなに神経質にならなくていいですよー」

眉間にしわを寄せる南の顔をのぞきこみながら、講師の女の子があっけらかんと言った。

一瞬ぎょっとしたがすぐ、鬼の形相で粉をふるう姿を見かねたらしいと気づく。あわてて「あ、すみません」と愛想笑いを作った。初対面で「マリです。先生って呼ばれるの苦手なんで、まりちーって呼んでください」というハードルの高すぎる自己紹介をされたせいで、いまだに彼女の呼びかたを決めそこねている。

彼女のほうでも、南のことを扱いかねているようだった。無理もない。お菓子づくりの体験教室に訪れる女子というのはふつう、もっとリアクションが大きいものなのだろう。南だってなかば取材で来ているとはいえ、こんな状況でなければ多少は変わったはずだ。

インカレのサイクリングサークルで知り合って十年付き合った恋人と破局したのはつい先月、二十九歳の誕生日を迎えた直後のことだった。そこからおなじサークルの同級生だった愛莉《あいり》に連絡し、彼女を自宅に呼んでデパ地下で買いためた大量のスイーツをふたりで食い散らかしてからはまだ半日しか経っていない。予定が合うのが昨夜だけだったとはいえ、我ながら完全にどうかしている。

ふるいにかけたアーモンドプードルと粉砂糖が舞い上がった拍子に鼻をくすぐり、甘いにおいにうっとりするより先に胸焼けがこみあげてくる。アルコールだけでなく、糖分にも二日酔いがあるのだ。さすがに失礼なので飲み込んだが、二日酔い、という連想のせいかますます気持ち悪くなりそうだった。

地方転勤をほのめかされたことをきっかけに三年勤めた銀行を辞め、副業でやっていたライターに本腰を入れはじめてそろそろ五年。今年の九月から始まった「ゆるくてもできます！ライターK子のおケイコごと体験記」は、南にとって初の女性ファッション誌での連載だった。取材をとおして体験した失敗談や初心者ならではの戸惑いをおもしろおかしく書くというコンセプトで、二十代から三十代、働き盛りの女性を購買層とする気迫に満ちた誌面における、一服の清涼剤的なポジションを目指している。

ただ、どうしても記事にすることを前提に半日や一日、レッスンを受けるだけでは気づけないこともある。初回の英会話教室でほとんど言われたことを理解できず講師に露骨なため息をつかれ、掲載後にエゴサーチしてみたツイッターの「新企画は雑誌が迷走している証拠。教えるほうも習うほうも薄っぺらくて参考にならない」という意見に追い打ちをかけられて以来、南は次の内容が決まった時点で、時間と金額が許すかぎりほかで予習をしてから本番の取材に臨んでいる。経験のない習い事を選ぶというのが編集部との約束なので（担当者からは何度か「新鮮なまなざし」「等身大の姿勢」と強調された）、あくまで個人的にしていることだ。

クリスマスシーズンの刊行号に合わせた「お菓子づくり」というテーマに沿って何人かのライター仲間にメールで問い合わせ、四人目で「ちょうどいいのがいるよ」と紹介されたこの個人教室は、本格的すぎない、料理ではなく製菓メイン、しかも都内、という条件にぴったりだった。場所は新宿区のマンションの一室で、専用にリフォームしたらしいダイニングキッチンを教室にしている。マンツーマンから申し込み可というこぢんまりとしたスタイルもよかった。

「はい、きれいにできてますー。じゃ、これをメレンゲに追加していきますねー」

講師の「まりちー」が言った。年齢はおそらく二十歳そこそこ、上のほうが黒くなった金髪をひとつに束ね、くっきりした二重の目に青みがかったコンタクトを入れている。スキニーデニムを穿いた両脚は折れそうに細い。いろいろな人種に会えるのがライター稼業の醍醐味とはいえ、南はこれまで同世代の社会人女性をメインターゲットとした媒体で記事を書くことが多かった。取材やインタビューでも、ここまで典型的なギャルにはなかなかお目にかかれない。

「力はいるんですけどー、ぐちゃぐちゃって切りつけるんじゃなくて、こう、外側から手前に向かって、中身ごとなでるみたいにヘラですくって混ぜるイメージですー。あ、うまいうまい。最初はこなこなしてるんですけどだんだんまとまってくるんで」

　間違いなく正しい日本語ではない表現が連発される。意味はわかるから不思議だ。

　せめてきょう作るのがマカロンでよかった。提示された選択肢のなかでいちばんレシピがわからなかったので好奇心で選んだが、ほか（ガレット・デ・ロワ、ミルクレープ、フロランタン）に比べて食べ心地も軽いし保存もきく。それにしても、こじゃれた見た目と空気みたいな食感のくせにすさまじい量の砂糖を使うのだ。楽屋でメイク中の舞台女優を見てしまったようでなんとなく気まずい。

　ふるったアーモンドパウダーに食紅で色をつけ、先に泡立てて冷やしておいたメレンゲ（ここにも上白糖がしっかり入っている）に加えながらゴムベラで混ぜていく。ちょどいいタイミングで、「あ、そろそろ大丈夫です。そしたらコレに持ち替えてくださいー」とスマートフォンほどの大きさの平たいプラスチック板を差し出された。三分クッキングを思い起こさせる手際のよさだった。

「こう、ちょっとつぶつぶしてるところを、ボウルのへりに押しつけるみたいにしてなめらかにしていきますー。これをちゃんとやらないと焼き上がりが汚くなっちゃうんで、気合入れてやりましょう」

「気合……」

「生クリームでいうと六分立てと七分立てのあいだくらいまで。おねがいしまーす」

さらっと言って、「まりちー」は作業台にしているダイニングから空いたボウルや道具を片付け、さっさとキッチンに戻っていった。平静を装ってひとりで手だけは動かしながら、ちょっと待て、と内心青くなる。

六分立てと七分立てって、どれくらい？

わからないが、ざあざあと水音を立てて洗い物をしている相手にそれを訊くことはできない。ただでさえ「お菓子づくり」なんて柄じゃないし、先生とはいえ年下の女の子なのだ。機械的に作業したせいか、思いのほか早く生地が手ごたえを増してゆく。

だれにともなく言い訳したくなる。ちがうんです、料理しないわけじゃないんです。お菓子づくりに縁がなかっただけで。クリスマス？　バレンタイン？　ハッ。ていうこのスタンス。

……じゃなくて、どうせならそんなときはいいもの食べさせたいでしょう。おいしいかまずいかも博打な手作りを渡すより、素材からプロが吟味した市販品のほうが見た目も味も間違いないしコスパがいいと思うんですけど、だめですか。

そりゃだめだよ。

最後の言葉は、元彼の声で再生された。

お互いにはじめての恋人同士で、約十年間。途中何度かブランクがあったとはいえ、我ながらよくもったものだ。だらだらとくっついたり離れたりを繰り返したせいで周囲には別れる詐欺と揶揄されていたらしいが、今回ばかりは復活はありえない。

——景以子《けいこ》ってさ、いままでよっぽど恵まれて生きてきたんだな。

深夜に自宅マンションの前で彼の車を停めて、そこから四時間半。そのあいだに巡回のパトカーが何度か前を通った。二回目からスピードが落ちていき、三回目でいよいよ視線を感じだしたので南のほうから話をまとめ、助手席から降りかけたときに吐き捨てられた言葉がそれだった。

なんで、と訊いたときの答えは、たぶん相手の誕生日を忘れても忘れられる気がしない。

——他人の痛みを理解できてないっていうかさ。そういうとこだよ。

「……あ、それくらいでいいですかねー」

相変わらずのんびりした口調だったが、微妙な声のトーンの差とやんわり手首を押さえられたその仕草から、少々やりすぎたようだと悟った。

「マカロナージュは、やりすぎちゃうと見た目が悪くなっちゃうんで」

「マカロナージュ？」

「いまやってるこれをそう呼ぶんですよ」

へえー、と感心していると、いきなり耐えかねたように吹き出された。

「え？」

「だってウケるー。ずーっと超真顔だったのに、南さんのツボ、そこなの？」

愛想はよくしていたつもりだったので、あっさり言われて面映ゆくなる。

「いや、マカロンのための用語なんだなあ、と思うとおもしろくて」

「あははー。でもおもしろがってもらえてよかった、たまに途中で帰っちゃう人いるんで」

「うっそ、そんなことあるんですか？」

「材料とかミリ単位で測るし、まぜたりこねたり体力いるしー。ちょっとのやりすぎとか手抜きができあがりでバレるっていうか、そもそもできあがらないこともザラだから、疲れるしイメージとちがうって思うみたい。でもそこんとこ、最初にちゃんとわかっとかないとねー。家でやるとき苦労するのは自分なんっすよ」

いちおう敬語だった口調が若干ヤンキー風に崩れてきた。こういうところに記事のヒントが隠れているものなので、それとなく「職人技なんですね」と水を向けてみる。

「そーそー。最近はいろいろ便利な道具も増えてるけど、お菓子って材料測る時点からもう生きてるってゆーか、天気とか作り手の体調によってもちがってくるんで。けっきょく頼れるのは自分の目と手なんですよねー」

「その域になかなか至らないですよ、素人は」

「うん。だから、どっかしらおもしろがりながらやってるうちになんとなく『あれ、そういや続けられてるな』っていうのが理想かな」

「……わかる気がします」

言ってから変な相槌だと気づいたが、とくに気にはされなかった。

「あとまあマリがこんなんだから、こんなバカそうでもできるんだからいけるだろって思ってもらえればそれでいいかなー、みたいな」

むかし付き合いで顔を出した同業者の集まりで、年配の男性ライターが「マカロンの存在意義がわからない」と言っていた。霞を食べてるようなものなのに、なんであそこまで高いんだろう？　要するにおしゃれ代だよね。なんとなくおしゃれ、っていう雰囲気に、女の子は高いお金を出すんだなあ。

南自身マカロンに一切思い入れはなかったにもかかわらず、その言いようを思い出すと無性に「女の子」側に立ちたくなった。金でおしゃれを売り買いして、そこに価値を見出してなにが悪い。おしゃれ感を作るのは、真剣勝負の職人技なのだ。

「あ、やばっ。生地が乾いちゃう前にしぼりましょー。それから室温で一時間くらい乾燥させるんですよ。マニキュアとおんなじで、ここで焦ったらだいなしになるんです」

オーブンシートを敷いた天板の上に生地をしぼり、空気を抜いて我慢強く乾燥させる。その時間であいだにはさむクリームを作り、生地が乾いたらオーブンの温度を調整しながら焼いて（きれいにピエを出すのがキモなんです、とのこと。マカロンのまわりにできる縁取りをそう呼ぶらしい。ピエかあ、とつぶやくと、またツボりましたー？　と楽しげにつっこまれた）、シートからはがすときにも間を置いて、と、同時並行でやることや気を配るべきことはいくつもあって、なんとかできあがったときには肩で息をしていた。

完成品には案の定、どれも目立つひびが入っていた。六分と七分がわかってさえいればと意気消沈していると、いつのまにか「これでごまかしましょー」と小さなチョコペンがテーブルに何色も広げられ、ひびを口に見立ててモンスターの顔にしたり割れめに沿って縞模様を描いたり四苦八苦するうちに、南は久しぶりに時間を忘れた。

「まーたしわ寄ってる」

楽しげに言われて顔を上げると、「まりちー」が自分の額をとんとんとつついていた。

眉間から鼻にかけての彼女の顔の造作は、仕事柄美人を見慣れていても感心するほどだ。大袈裟な存在感はないが正面から見ると完璧な直線で、上から下までまっすぐ芯が通っている。大学時代に自転車で行った、日光の滝を想起させた。

鼻、きれいですね。

そう褒めようとしてふと、「生まれつきとは思えない」という言葉が浮かんで飲み込んだ。

南は他人の容姿の変化に鈍感で、アイドルや女優の整形疑惑が取り沙汰されてもまったく判別できない。比較画像を見てやっと、まあそうなのかなとぼんやり気づくくらいだ。自分でも整形したくなることはあるが、失敗が怖いし費用対効果の見通しも立たない、一度そう言ったらその場にいた男性陣からひんしゅくを買ったことがある。だれかは忘れたが「俺、南さんはそのままでじゅうぶんきれいだと思うよ」と二枚目俳優みたいな口調で言ってきた男もいて、べつにあなたの意見は訊いてないしそうだとしても「おまえこれが欲しいんだろ」みたいな顔するのやめてほしいな、と思ったがさすがに口には出さなかった。

「南さんって目、超くっきり二重ですよね。整形とかしてます？」

心を読んだように言われて、我知らずのけぞりそうになった。

帰りぎわ、南はちょうど新しく始めるというパン教室にも来ないかと誘いを受け、彼女とラインのＩＤを交換した。ラインの登録名も、やっぱり「まりちー」だった。

自宅の前で別れたということは、別れ話の現場を毎日通りかかるということだ。必然的に、吐き捨てられた最後のひとことも思い出す羽目になる。やっぱりあのとき無理にでも環七の途中で降りればよかったと肩を落としながら、エレベーターで四階に上がった。

——他人の痛みを理解できてないっていうかさ。

なんで「俺」じゃなくて「他人」に範囲を広げるんだとか、そもそも「本気で傷ついたことがある」ことと「他人の痛みが理解できる」ことがどんな方程式で結びつくのかとか、疑問はいろいろある。ただ、なにより腹が立つのは反論できなかったことに対してではない。恵まれて生きてきたから他人の痛みが理解できない、と言われて、そうかもしれない、と一瞬でも納得しかけた自分自身に対してだ。

玄関のドアを開けた瞬間も、まだほんのりと甘いにおいが残っていた。なるべく息をしないように部屋を突っ切り、窓を開ける。控えめな秋の風が頬をなでていった。さわやかなはずのそれが、いまは弄ばれているようで腹立たしい。風をよけるように顔を逸らすと、ガーデニング特集の仕事をしたとき取材先でもらったパキラと目が合った。

テレビ台に置いたそれは心なしかうなだれているが、たぶん水やりをさぼっているせいではない。「思い出したときにかまってやるだけで大丈夫です」と言われて愛想笑いしつつ受け取りながら、男もそうだったら便利なのにとちらっと考えたことは否定できない。

大学時代から十年あまり住んでいる1Kには、広さがないぶん最低限の家具しか置いていない。備えつけのクローゼットと部屋の四分の一を占める本棚を除けば、あるのは食卓兼ドレッサーのローテーブル、パソコンデスク、ベッド、テレビ台、そのくらいだ。とりあえず鞄を置こうと足を踏み出すと、床に転がっていたビーズクッションに爪先がぶつかった。黒猫をかたどったそれは、学生時代に元彼からもらったものだった。

「ごめん南、わたしこれ以上はほんとにムリ」

昨夜、華奢な体を風船ガムのようにふくらませて甘ったるい香りをまき散らしながら、愛莉は半泣きでこのクッションを抱えて床に転がった。

「でもほとんど賞味期限がきょうなんだって！」

「もう糖分が全身を侵してきてるよ、三日三晩詰め将棋やっても消化しきれないよ、ヒットポイントゲージが満タンなのにポーション飲みまくってる気分だよー」

「そんなムダに比喩に凝らなくても」

「せめてキルフェボンだけにすればよかったのに」

「こんな機会もう当分ないから、頭が麻痺してるうちにと思って」

「それにしても、計画性……」

背を向けたままつぶやかれて、ぐうの音も出なかった。

銀座のデパートをはしごしてかき集めたのは、職業柄、名前ばかりはしょっちゅう目にして憧れていたはずのハイブランドスイーツだった。冷蔵庫にはキルフェボンのホールタルトが鎮座し、テーブルには千疋屋の果物ゼリー、パソコンデスクの上で順番待ちをするフォションのエクレアにヨックモックのシガール。最初こそおしゃれな海外ドラマのようだ、パンがなければケーキをお食べ、とふたりではしゃいでいた光景は、一時間もすれば新手のホラームービーさながらの惨状に変貌した。季節柄、栗やかぼちゃといった胃に溜まる素材が多かったことも災いしたのかもしれない。なんでどうせなら春か夏に振ってくれないんだ気がきかない、と、我ながら理不尽な言いがかりを元彼につけたくなるくらいには地獄絵図だった。

「なんでわざわざ高いお店のばっかり？」

「だってアレと一緒のときにはぜんっぜん食べられなかったから」

「あの人、甘党じゃなかったっけ。学生時代チョコスティックパンばっかり食べてた覚えがあるけど、完全食品だって言って。頭がおかしいのかなと思ったもん」

糖分を過剰摂取するまでもなく甘い声で激辛なコメントをされて、不覚にもちょっと笑ってしまった。

「こういう、おしゃれ感みたいなのがダメだったみたい。半笑いで『景以子も女の子だね』って。スイーツカッコワライって思ってるのが見え見えだった。たしかにスイーツだの、ロハスだのマクロビだの、一概にぜんぶいいとは言わないけどさ。バカにするだけの人間より、実際に身銭切ってる人間のほうが経済活動に貢献してるだけえらいよね？」

「経済活動のためにデパ地下で大人買いするの、南くらいだよ……あ、もうダメ限界」

言うなり愛莉は寝返りを打ち、南に、というより部屋そのものに背を向けた。

佐伯愛莉とはおなじサークルの同期だったが、最初から気が合ったとは言いがたい。

なんとなく新しいことがしたいしひとりで行ける範囲が広がりそう、という理由で深く考えずに入ったサイクリングサークルは、四〜五人で組んでのプライベートランが活動のメインだった。だいたいはだれかが目的地と日程を提案してメンバーを募っていたが、愛莉はいつもおなじ顔ぶれ、フランス文学科や英米文学科の女子たちで構成されたグループと行動していた。いつのまにかおなじブランドの自転車（カナダのメーカーだった）を色違いで買いそろえていた彼女たちは、社会学科に所属し中古の国産自転車に乗っている南のことなど視界にすら入れていないようだった。南からしても、せっかく東京の大学に入って地元のクローズドな人間関係から解放されたにもかかわらず、いままでと変わらず集団づくりにいそしむ彼女たちは理解不能だった。ましてやその中心にいた愛莉のことなど、あんなに色白で髪もふわふわなのにまともに走る気があるのかしらん、くらいの目で見ていた。

いつも困ったように眉尻を下げ、語尾を伸ばして高い声でしゃべる彼女はひそかに男性陣から綿菓子というあだ名をつけられていて、好意を寄せられることも多かったがだれにもなびかなかったらしい。その身持ちの固さ、それでもトラブルを起こさない人あしらいに感心した南は褒めるつもりで「ゆるふわだけど芯は食われない」と言ってしまい、それは当然誤解を招いて、失言はいつしか「南景以子が佐伯愛莉に嫉妬している」という噂に変わった。兄貴分だった一期上の黒田先輩が気を回してくれなければ、いたたまれなくてすぐ退部していただろう。

一年も経つと女子の大規模グループもばらけはじめ、ちょくちょく愛莉も南たちとおなじグループで走るようになった。そこから彼女に対する評価はじょじょに変わっていった。彼女は過剰に日焼けを気にして周囲を興ざめさせることもなかったし（そのぶん前後のケアには並々ならぬ情熱を注いでいたらしい）、甘い声ですぐ疲労を訴えることもなかった。少なくとも走っているあいだは髪の乱れや化粧くずれをいとわず、エアーポンプや予備のチューブも男子にまかせず持参した。雑談の拍子にじつは落語オタクだと判明したことも、高校時代にお笑い番組が好きだった南としては好感度を上げる要因になった。

それでも、とくに個人的に親睦を深めたわけではない。なんとなく一緒に遊んだり飲んだりするようになったのは、大学を卒業してしばらく経ってからのことだ。正直なところきっかけはあまり覚えていない。そのころの愛莉は噂によるとかなり厄介な恋愛をしていたようなので、それまでの人間関係からやや離れた場所にいる南の存在が気楽だったのかもしれない。

クッションを拾ってベッドの上に放り、窓を開けたまま部屋を出た。

廊下の冷蔵庫を開ける。いちばん目につくところにキルフェボンの箱がでんと鎮座していて、その合間を縫うようにきのうの残骸たちが押し込まれる。印象としては、保存というよりも幽閉や監禁に近い。とりあえずあしたからやっつけようとひとまず目を逸らすことにして、脇に追いやられた発泡酒を手に取った。

けっきょく愛莉は終電間際で起き上がり、前かがみになりながら帰宅した。そのときに交渉の末、ホールタルトの半分を含めて余ったぶんをかなり持っていってもらった。失恋直後の甘いもの大人食い、という典型的すぎる提案の意図を、なにも言わずとも汲んでくれる相手は少ない。過剰な同情も心配もせず「少女マンガみたいだね」というツッコミをきちんと添えながら日程を調整し、三十路手前で失恋した女友達という地雷でしかない相手の部屋まで来てくれる存在がどれだけ希少かはわかっている。

大学卒業後に区役所に入庁した愛莉は去年、当初からの念願かなって観光振興の部署に異動した。仕事の愚痴はめったにこぼさないが、ひと昔前のように九時五時で収まる業務量ではないらしい。貴重な余暇をまるまるあんな苦行でつぶすくらいなら、もっとやりたいことはいくらでもあったはずだ。

「失恋したときくらい、そんなに戦わなくてもいいんじゃない？」

きのう、帰りぎわに玄関で靴を履きながら、愛莉は背を向けたまま言った。

ふわふわと空気を含ませたような肩までの髪の隙間から、首筋がうっすら紅潮しているのが見えた。いまでも毎日うなじまで日焼け止めを塗っているのだろうか。つむじも日焼けするしややもするとそこから薄毛のリスクが生じると、南に教えてくれたのは彼女だった。

返事に困っているあいだに、振り返りざまに微笑みを残してドアが閉められた。言葉の意味は、よくわかる気もしたし、まったくわからない気もした。そういえば、バカな計画に付き合ってくれた礼さえ言い損ねたといまさら後悔する。

ぱきゅ、と音を立てて発泡酒のプルタブを起こす。だれもいない玄関に向かってそれを掲げたとき、ようやく、自分がちっともそれを飲みたくないことに気がついた。

締切まで一日残して原稿を編集部に送ったところで、ラインにメッセージが来た。

パソコンにインストールしたアプリを開くと、黒田先輩からだった。体調の気遣いと、またこんど飲もうというゆるい誘い。失恋についてはひとことも触れていないが、たぶんだれかに聞いて気を回してくれたのだろう。思わず画面に手を合わせてしまう。

生命保険会社に勤務してエリート街道まっしぐらの先輩は二十歳そこその当時から人望厚い若手政治家のような佇まいで、細長い見た目もあいまって「灯台」というあだ名で呼ばれていた。さまざまな問題で通常の航路を外れた者がこぞって彼のところに集まっては、コンディションを整えてもとの道に戻るのだ。

南も、人間関係に難破しかけた迷える一隻だった。一年生のころ、夏合宿明けのコンパに酒癖の悪いOBが現れて女子のいる席に乱入し、セクハラまがいのアドバイスをしながらしつこくからんできたことがある。その男にも微笑んで文句のひとつも言わないほかの女性陣にもいらだったあげく、ちょうど自分と愛莉にまつわる妙な噂にうんざりしていた時期だったこともあり、南は「よきところで相槌を打たれたいだけなら鹿威《ししおど》しにでもしゃべっててください」と暴言を吐いて場を凍りつかせたのだ。しばらくだれからも遠巻きにされていたところを、さりげなくグループに引き入れてくれたのが黒田先輩だった。いまに至るまで、数か月に一度はふたりで飲む仲が続いている。

元彼とも、先輩の主催するサイクリングや飲み会で親しくなって交際にまで発展した。おまえらが結婚するとしたら仲人は俺だなと、冗談めかして言ってくれたこともある。

『激ヤセとかしてないだろうな?』

追加で訊いてきた先輩がだれを思い浮かべているか、なんとなく察しはついた。

『ありがとうございます。めっちゃ食べてますし働いてますし夜はバラエティ見て笑ってます。平常運転です。』

ムーンくんのスタンプに安心した旨を言外に伝えられ、楽天パンダが頭を下げるスタンプに既読がつけられてラインは途切れた。

パソコンチェアにもたれて伸びをした拍子に、机の脇に置いていた雑誌に足がぶつかった。記事が掲載された見本誌は、最近では届いても積んでおくだけになっている。ドレスの裾をひるがえしながらぴかぴかの笑顔を浮かべるモデルの表紙がめくれて、美容のコーナーでページが止まった。ふだんはあまり真剣に見ない特集だった。

『いまこそパーツケア！　男のホンネ大公開・僕たち女子のここを見ています――「黒ずんだヒジの女は袖をまくるな！（二十七歳・IT系）」、「首のシワを数えればトシがわかる笑（三十二歳・公務員）」、「そのスキマのない太ももでスカートはくの?（二十五歳・会社経営）」』

こうしたい、より、こうでなきゃダメ、のほうが購買意欲をあおる。商品戦略の基本はwantよりmustに訴えることだと、以前インタビューした化粧品会社のマーケティング担当者も言っていた。一見手入れしていないように思えるほどすみずみまで手入れの行き届いた、南と同世代の女性だった。

経済活動の一環。自分にそう言い聞かせながら、爪先でページを蹴って閉じた。

ライターに本腰を入れたのは五年前からだが、大学生のころから細々と文章の仕事はしていた。きっかけは高校時代にやっていたウェブ日記、いまでいうブログが編集者の目に留まってメールをもらったことだ。友達と共同で開設し交換日記のつもりで始めたが、しだいに南がひとりで読んだ本の感想をつづる書評記録になっていった。勤勉な更新ペースと気の抜けた文章、そして妙に渋い選書のギャップが大人の目には新鮮だったらしい。そのまま書籍化できるレベルでは到底なかったが、それをきっかけに『現国十三点の女子高生が世界の名作を読んでみた』という本を出版した。そういうことがあったのが事実とはいえ一度ケアレスミスでとっただけの点数だし、そのときには大学卒業まで一年を切っていたが、まあそう言ったほうが売れるならいいかと深くは考えなかった。

本は爆発的ヒットとは呼べないまでも多少話題になり、そこからちょくちょくライティングの依頼をもらいだした。メインは若い女性向けのブックレビューで、自転車サークルの経験を活かした旅行関連の仕事もちらほら来た。銀行に勤めているあいだは副業をセーブしていたが、退職して何年かは並行して出版社でバイトをしたり派遣で働いたりしつつ、頼まれたことは断らずにやった。地方のラブホテルを紹介するムック本に寄稿したり、プロの占星術師の代筆という名目で占い記事を書いたりしたこともある。努力の甲斐あって去年あたりから、ようやく派遣の収入なしでも生計が成り立つようになってきた。

目標がないとライター業は続かない。そのことは、始めた当初に先輩や編集者からさんざん言われてきた。表だって訊かれれば「二冊目の本を出すこと」と答えてはいるが、本当のところその答えは厳密ではない。モテ特集だのアンチエイジングだの、いわゆる女性向けの仕事にかかわっていくうち、最初はぼんやりしていたそれはしだいに明確になっていった。

あらゆるmustにさらされる人たちが、せめて好きなもの、身のまわりに置くものくらい、wantを根拠に選べるように。

パソコンを閉じかけたとき、画面の下方で新着を告げるラインのアイコンが点滅した。また先輩かと思って開いたメッセージは、製菓教室の「まりちー」からだった。

『こないだのマカロン、お味はどうでしたか？　楽しそうにつくってくれてうれしかったです！　ぜひうちでも作ってみてくださいね。ところで急なんですがパン教室、キャンセルが出て今週末でも入れます。どうでしょー？』

ぜひうちでも、という無邪気なひとことに、古い記憶を呼び起こされて苦笑した。

もう十年近く前、元彼と過ごした最初のバレンタインのことだ。男子校出身の相手がその日に寄せる期待の大きさはうすうす察していたし、南自身も並々ならぬ気合を入れて雑誌のバレンタイン特集を読み比べ、体重が増えるのを覚悟でデパ地下に通って吟味を重ねた。いまでもなにを買ったか覚えている。ベルギー王室御用達ブランドのアソートメントで、たった四粒入りかそこらだったが学生にはかなり勇気のいる値段だった。それでも購入に踏み切ったのは、口に入れたときの衝撃がほかと比較にならないほど大きかったからだ。

ただ甘ったるいだけでもべったりと溶けるだけでもなく、砕いたアーモンドの食感とほろ苦いキャラメルの香りが、それを包み込むチョコレート自体の控えめな甘さと一緒に何層にもなって鼻から爪先まで抜けていくようだった。せいぜいトリュフや生チョコくらいしか知らなかった大学生にとってそれははじめての体験で、びっくりしてしばらく動けなかった。目を見開いて硬直している南を不審がることもなく、試食を勧めてくれた店の女性は微笑みながら「プラリネっていうんですよ」と教えてくれた。

これはすごい、ぜひ食べてみてほしいと心底感じたから多少の出費は承知のうえで用意したのに、当日会った相手がブランドロゴ入りの紙袋を見て、あんなに顔を曇らせるとは予想もしていなかった。内心の落胆をどうにか隠してそれとなく理由を追及したところ、目を逸らしながら返された答えはこうだった。

——手作りじゃないんだなと思って。

そのひとことで、人生初のバレンタインデートは人生初の修羅場に発展した。

もちろんだからといってチョコレート自体の味や、それを選んだ南自身に傷がつくわけではない。頭ではわかっていても以来どうにもその店には足が伸びなくなり、いつのまにか店舗そのものを見かけなくなった。ブランド自体が日本から撤退してしまったらしいと、ようやく知ったのはつい最近になってからだ。思えばこういう積み重ねが、最後に吐き捨てられた「そういうとこ」に結びついたのかもしれない。

とりあえずラインのウィンドウを閉じ、送ったばかりのワードファイルを開いた。

読むともなく読み返す。締切に余裕を持って書くことができたのは、あきらかに「まりちー」のおかげだ。編集部経由でブッキングされた正式な取材先は、全国展開している大手チェーンのクッキングスタジオだった。さすがに個人の教室に比べれば設備や環境のレベルは段違いだったが、取材がてら体験レッスンを受けてみてつくづく個人的に予習をしておいてよかったと痛感した。あらかじめ材料は計測されていたし力仕事はスタッフが代わってくれたので、作業中もまるで手ごたえがなく、それこそはかないメレンゲのようなふわふわした印象しか残らなかったのだ。もらったレシピを見ても、また家でやってみようという気はしなかった。「まりちー」の教室では計量から自分でやったし口は出されてもほとんど手伝われなかったから、気がつけば額やこめかみに汗をかいていたのに。

あのとき作った不格好なマカロンは、保管場所に困ったあげく、ふだん卵を置いているドアポケットにジップロックごと入れてある。だからまだ「お味はどうでしたか」という質問に答えることはできない。そこに触れない文言を注意深く考えながら、南は予定を確認するために手帳を開いた。

「あ、ツノ生えてる」

オーブンから天板を引き出しながら、楽しげにそう指をさされた。

天板に並んだロールパンは八つあるが、右側と左側ではあきらかに完成度が違う。まりちーが見本がてら作った右半分の四つは市販品さながらだが、それを見ながら南が用意した左半分はあきらかに形も不揃いで、卵液の塗りかたがよくなかったのか色ムラもひどかった。端のひとつは成形が甘すぎて、巻き終わりの部分が鬼のツノのようにはみ出している。

「また顔つけたくなっちゃいますねー」

無邪気なフォローが痛かった。甘くないものを作りたいとこちらから頼んで「じゃあ基本のロールパンはどうですか？」とわざわざ提案してもらったのに、このありさまだ。

「意外。みーちゃん、なんでもちゃちゃっとできそうなのに」

ラインのＩＤを交換してから、南は彼女にみーちゃんと呼ばれている。本意でない相手に身元がばれないよう、設定名を南の「み」だけにしていたのが由来らしい。

「調子に乗ってたわ……」

「あはは、そんな深刻な」

「大人になると、よくも悪くも得意分野でしか勝負しないから」

ショートニングの名前は知っていてもどんなものかはわからなかったし、それとバターを作るパンの種類ごとに使い分けることも知らなかった。パンを発酵させるための巨大な専用保温器もはじめて見た。三角に伸ばした生地をくるくる丸める作業に微妙なコツがいることも、自分で手を使ってみて実感した。そして、いとも楽しげにそれらをこなす年下の女の子の、鮮やかな手つきに何度となく見入った。

「知らない世界に飛び込むっていいね。謙虚になろうって思える」

「えらーい。そういえばみーちゃん、そもそもなんでここに来たの？」

せっかくだから焼きたて食べてこっかー、と、紙ナフキンを敷いたバスケットにひょいひょいとロールパンを移しながら、その質問はいきなり放たれた。

「……たまには手作りでも贈ってやろうかと」

なんとなく、とっさに答えられなかったのは、本来の目的を隠しているといううしろめたさがあったからだろう。

「あっ、彼氏さん？　どんな人なんですかー」

「ふつーのサラリーマンだよ。もとは大学の同級生。わたしは女子大だったからインカレの自転車サークルで知り合ったんだけど」

「へー！　じゃあ一緒にサイクリングとかするんだ」

「いや全然。そもそも付き合ったきっかけも、自転車関係なかったし」

「そうなの？」

「そう。バカだよー。うちらが小学生のときにポケモンが流行りだしたんだけどね、たまたま、むかしメインで使ってたポケモンが一緒だったたって理由で話が盛り上がったっていう」

「えーなにそれ、めっちゃかわいい！」

小学生のように並んで流しで手を洗う。一点を除いて嘘ではないせいか、口は驚くほどなめらかに回った。こうして当たり障りのない部分だけ話していると、本当に大した問題はなかったように思えてなぜ別れたのかすら忘れてしまう。それでいて、ではあらためて連絡してみよう、という気にはまったくならないのが我ながら不思議だった。

「いいなーいいなー、ほのぼのカップルじゃないですかあ」

「ぜんっぜんだよ」

てらいなく羨まれることへの罪悪感に、思わず語気が強まった。

「付き合いだけは長いけど、ずーっとくだらないことでくっついたり別れたりだもん。お互い次を見つけるのがめんどくさいから、いざってときの結婚要員って感じかなー」

勢いだけでそこまで言って、自分でぎょっとして息を飲んだ。

作業台にしていたテーブルをざっと片付け、エプロンを外したまりちーと向かい合わせに座る。かろうじてツノは生えていないものの二番目に形の悪いロールパンを手にとり、ちぎってみると焼きたての甘い香りが広がった。

「見かけのわりに食が細くてさ、朝とか白いごはんだと喉通らないらしいんだよね。でも男のくせにだらしないって親に叱られるから小さいころはいつも無理して食べてて、だからいまでもお米はあんまり好きじゃないんだって。付き合いたてのころ、わたしそれ聞いて『じゃあ一生パン食べてりゃいいいんじゃない』ってバカにしたの。いま思えばひどいことしたな」

相手が年下の女の子なら、ずっと引っかかっていたことも素直に言えるのだ。どうして本人には伝えられなかったのかと考えてみて、理由らしきものに思い至る。

「でも米嫌いのくせに、変なとこでちょくちょく日本男児的なこだわり出してくるんだよね。悪い意味で。料理は手作りに限る、冷凍食品不可、みたいな。ほかにも、デキ婚は許せないとか整形する女は嫌いだとか。例外は認めませんって感じがたまに超めんどくさくなることある」

「あはは、じゃあマリも嫌われちゃうかなあ」

あっさりとそう言われて、むしろ勇気が湧いた。

「整形？」

「うん」

「どこやってるの」

「目と鼻ー」

「あ、いいな。鼻はちょっとやりたいかも。いくらだった？」

「マリのは参考にならないかなあ。目は高校のときにこっそりやっちゃったけど、鼻のほうはケガのついでだったから」

「そうなんだ。交通事故かなにか？」

「んーん、元カレにボコられてー」

次のパンに伸ばす手が止まった。

「高校の先輩ではじめはよかったんだけどー、実家が宗教がらみでダメになったらしくて鬱っぽくなって。マリだけ元気なのがやだったみたい。最初はやり返してたけど、抵抗したり逃げたりするとそーゆーのってひどくなるじゃん？」

虚空に浮いたてのひらの下を縫い、まりちーは平然と次のパンを取った。

「専門通ってたころとかヤバかったなー。資格試験の勉強中に教科書破られたりしたもん。こっちは大変なのにのんきに菓子なんか作りやがってーとかって、どーせアタマにまで砂糖詰まってんだからムダだとかって。たしかにバカだけどさすがにないよねー」

あっはは、とごく自然に笑われても、うまく笑い返すことはできなかった。

「いまは大丈夫なの？」

「うん。一回マジでヤバかったことがあってさー。ふたりとも病院送りになって、相手はそのまま心のほうに直行。それからは親や友達に助けてもらってなんとかなったなー。さすがに反省を生かして、いまのカレシは超草食系」

「いまの彼はそれ知ってるの？」

「知らないですー。ひかせちゃ悪いから」

反省を生かす、ひかせちゃ悪い、という言葉のたびに、大量にバターを入れたはずのロールパンがやたらと乾いた喉にひっかかった。

「わりと男の人って、カノジョとか女友達がそゆこと言うと『俺には理解しきれない、支えてやれない』とかひいちゃうし。支えてなんて頼んでないのに。ふつーにそーゆーことあったんだーって言っててくれればいいのに、なーんで勝手に自信なくしちゃうかなあって、こっちが悪いことしたみたいな気分になっちゃった」

「……楽しそうにしてればそれはそれで『悩みがなさそうでいいな、おまえには俺の気持ちなんかわかんないだろ』とか言うくせにね」

「たしかに！　あるあるー。あ、なんの話だっけ？　そうそう鼻はそのときやったの。どうせヤバい目に遭ったんだから楽しいほうに生かそーって。なんだっけサイコーのウマ？」

「人間万事塞翁が馬、ね」

最高の馬ってそれ競馬みたいだから、ただのディープインパクトだから、と付け加えると、まるでこちらが言い間違えたように爆笑された。せめて「ひいている」とは思わせたくなくて、なんとか声を出して笑い返した。

それからは食欲がわかず、けっきょくパンの残りはラップにくるんで持ち帰った。冷凍庫にそのままロールパンを入れ、パソコンを起動すると「おケイコごと体験記」の担当編集者からメールが来ていた。タイトルはいつもどおり「改稿について」。内容もいつもどおり誤字脱字や細部の修正だろうと思ってメールを開くと、表示された文章はいつになく長かった。

『先方からとっつきにくい表現が多く、女性らしさが薄いという指摘がありました（例：お菓子づくりを「製菓」と表記、精緻な職人技、など）。また、やや専門性を強調しすぎており、初心者向けの体験記という本来のコンセプトから外れています。本気度の高すぎる「自分磨き」ではなく、あくまで「だれにでもできる」「男性受けするかわいげ」を重視して、南さん特有のゆるさを活かした内容で明日の正午までに――』

そこまで読んで、ブラウザもアプリも開かずにパソコンを閉じた。

まりちーを紹介してくれた知り合いの「ちょうどいいのがいる」という言いかたが、急に出来の悪いパンみたいにぼそぼそと喉に引っかかった。それをなんとも思わなかった南自身のことも。より本が売れることと引き換えに「現国十三点の女子高生」と紹介されつづけることを選んだ、あのときと自分はなにも変わっていないのかもしれない。

逃れるようにデスクから立ち、廊下に出た。

冷蔵庫を開けると、卵ポケットに置いたままのひび割れたマカロンが目についた。ふと思い立って、パーカーのポケットに入れていたスマホを操作する。

発泡酒をつかみかけた手を、思い直して牛乳パックに伸ばす。そのまま一気飲みしようとしたが、四角く開いた注ぎ口からはきれいに飲めずけっきょくコップを使った。とほほー、と口に出してみながらスマホを見ると、もう愛莉から返事が届いていた。

『久々にやろっか、女子力向上委員会。』


要するに、どちらかの部屋での宅飲みである。

時計や財布を気にせず飲めるし、ついでに掃除もできるし、外で飲むよりメリットが多いのだ。部屋の主が手料理を用意し、もう一方が手土産に甘いものと話のネタになるものを持っていくというのが暗黙のルールで、もう数年来ふたりで飲むときにはこの形式を保っている。

名称の由来は、愛莉がインスタグラムに載せた画像（愛莉手製のサグパニールとバターチキンカレー、市販のナン、南の持参した杏仁豆腐）についた「女子力の塊だね～☆」というコメントだった。これは悪意か好意か、そもそも女子力とはなんぞや、むしろ自分たちは女子なのかとしばらく議論を交わし、冗談半分でこの名がついた。

「食べながら見てるのはアニメ映画やお笑い番組だよって返信したら、『そのギャップに男が落ちるんだね（笑）』って被せられたよ。それも女子力？」

「大丈夫、わたしもよく女子力フロンティアが広大すぎて道に迷うから」

わたしならそんなコメントする相手とは友達でいたくないな、とは言わなかった。温厚な愛莉は一度できた人間関係をめったに切らないようで、なにかの折に「このあいだ幼稚園の友達と会って」というセリフが出てきて耳を疑ったことがある。南自身は幼稚園の同級生など、ひとりとして記憶になかった。

「なんだかややこしいなあ」

「『理解の範疇内にいてほしいけど、あんまりお約束すぎても自分が御しやすい男みたいでヤダ』っていうのが男心ってことじゃない？　結果、二律背反みたいになってるけど」

実際、考えれば考えるほどわからなくなる。料理の腕は一定水準以上が前提、そのうえでおばさんくさくもなく本気すぎもせず、生活感はあっても生活疲れはしていなくて、それだけだと気遅れするのでマンガやアニメにも造詣が深いという共感性もあり、さりとて本気のオタクではなく身ぎれいにしてほしいが「おススメの少年マンガは『ＯＮＥ　ＰＩＥＣＥ』」的ないわゆる「にわか」は嫌。欲望を汲んで次々と生み出されるマニュアルはそのつど上書き更新されて、すべてに当てはまる理想像など、もはやほとんど妖怪である。

ぜんぶ真に受けたらきりがない。せめて自分の生きかたくらい、自由に選べるように。

「じゃ、男子力があるとしたら『やさしいけど頼りがいはあって、安定した職はあるけど社畜じゃなくて、守ってくれるけど自立した女として扱ってくれる』ってこと？」

男性向けの雑誌とかには『男子力特集』があるのかな、聞いたことないけど、と首をひねる愛莉を見返しながら、この子をのんきに「綿菓子」なんて呼んでいた男はもしかしたら全員目が節穴だったのかもしれないな、いまさらだけど、と思った。

「なんだかなつかしいメニューだね。どうしたの、原点回帰？」

「まあね」

上書き更新されつづけるマニュアルの、料理部門の最たる被害者が「肉じゃが」だと南は考えている。男受けする料理として勝手に祭り上げられたあげく、いつのまにか地位が急落していまや「得意料理は肉じゃが」と言う女は「あざというえに時代遅れ」という二重苦のレッテルを貼られる。ただ肉じゃがでいるだけなのに、肉じゃがもいい迷惑だ。

メインを決めるとほかも必然的に決まってくる。わけぎとまぐろのぬた、小松菜としめじのおひたし、豆腐とわかめの味噌汁、白米。ここまで「家庭的」なメニューは元彼にもふるまったことがない。本棚にあったいちばん本格的な料理本を引っ張り出してきて作ったが、クックパッドの時短レシピとの差はとくにわからない。悪くない、まあできたてだしねという程度の味だった。むしろ安心した。

『ごちそうさま』

両手を合わせて声をそろえる。食後に愛莉が持参したのは、いろいろな種類が小分けにされたあられの詰め合わせだった。まだ糖分には食傷しているらしい。正直なところ南はあられやせんべいの類が好きではないが、文句を言える身分であろうはずもない。

「ありがとう。持って帰ってくれたお菓子、片付いた？」

「うん、だいたい。職場で配ったり、あとは知り合い呼んだりとか」

「さすが」

冷蔵庫のマカロンをどう出すか考える。とりあえず「お茶飲もっか」と言うと、「じゃあついでに見よ」と愛莉の鞄からツタヤの袋が取り出された。

「なに見るの？」

「ぼのぼの」

「おー、なつかしい！」

我知らず、空気を限界まで詰めたビーチボールのように声が弾んだ。『ぼのぼの』は南が好きだったマンガのひとつで、実家に送ってしまったが原作も全巻買っていたしアニメもリアルタイムでほぼ毎週見ていた。

「しまっちゃうおじさんが出る回？」

「ううん、映画。二作目の」

「うっわ、なんで？　ダメだってぜったい泣くやつじゃん！」

「泣いときなよー。どうせ、まだ泣いてないんでしょう？」

愛莉はにこやかに言って、ＤＶＤをプレイヤーにセットした。

南はとっさに、傍に転がっていたリモコンでテレビの電源を切った。

「……なんで？」

「だって南、むかし言ってたよ。『ぼのぼの』をバカにするヤツはまず映画版の二作目を見ろ、心が壊死したって思うほどしんどいときでも絶対に泣けるって」

「覚えてないけど……まあ、そうだけど」

フルCGが売りのその作品は、映像美とシリアスなストーリーも相まって公開当時から南にとって「心の一本」だった。ただ、より思い入れができたのは大人になってからだ。

数年前、まだライターが銀行勤めのかたわらの副業だったころ、洗練されたライフスタイルの紹介を売りにする雑誌で組まれた「すべてのがんばる女性たちへ——涙は心のデトックス」特集で映画を紹介する仕事を受けた。泣ける、というコンセプトを聞いて南はもちろん即座に返事をしたが、編集部からは却下された。詳しいことは忘れてしまったが、こちらに理由を伝えるメール本文の中に「品格」という言葉が使われていたことははっきりと覚えている。数か月後に送られた見本誌には、皮肉のつもりで代案として出したミニシアター系の映画がそのまま載せられていた。

誌面を見たとき、いきなり国外退去を宣告されたらだいたいこんな気分かも、という気がした。残業ばかりでクマや肌荒れが治まらない顔をしながら「がんばる」毎日を『ぼのぼの』に癒される女の居場所は、この世のどこにもないのだと言われたようだった。この仕事に本腰を入れてみたいと考えだしたきっかけは、もしかしたら、あの瞬間だったのかもしれない。

「でも、べつにいまは泣きたくないよ」

「なんで？」

「なんでって、そんなの理由いらないっしょ」

まず考えたのは、やっぱりあの糖分地獄のことを恨まれているんだろうか、これは地味な嫌がらせだろうか、ということだった。

「十年も一緒にいたんでしょう?」

「ただの消去法だってば。気心は知れてるし、新しい相手を見つけるほど甲斐性ないし、偶然見つかっても続かなかったし、べつにすぐには結婚したくないけど一生ひとりって割り切れてるわけでもないし、いざってときはこいつでいいかって思っただけ」

汚い言葉は口に出した瞬間、愛莉ではなく南自身の心を抉った。自分が傷ついていることにすら腹が立って、返事もないのに声はますます大きくなっていった。

「相手はどうか知らないけど、少なくともわたしはそうだったわけ。なのに、別れたからって悲劇のヒロインぶって泣く権利なんかないでしょ。そんなの都合よくない?」

「あのね、南。急に自分語りしてごめんね」

暗転したテレビのほうを向いたまま、愛莉は小さな声で言った。

「むかし失恋したとき、わたし、もう二度と笑えないかもしれないと思ってたのね」

明かりの消えた画面には、彼女の肩ごしに南も映っている。露骨にはっとした顔をしている自分を思わず殴りたくなったが、おなじくそこに映る愛莉の表情は穏やかだった。

「ひどい目に遭ってしかも最後には振られた、っていうのがまた、救いようのない感じがして。でもだれにも言えなかった。気を遣われるのも『だから言ったじゃない』とか『こうすればよかったのに』とか言われるのも、耐えられなかった。そのとおりだし、ぜんぶ自分のせいだって、そんなの最初からわかってたから」

サークルのアイドルだった愛莉がおそろしく難儀な色恋沙汰に巻き込まれているらしい、という話は、人の恋愛にまったく興味がない南にまで光速で伝わってきた。

相手の男とは就職先で知り合ったらしい。だれも会ったことはなかったが、もともと細身だった彼女の痩せようを見ていれば惨状は容易に想像がついた。当時はしょっちゅう開催されていた飲み会にも愛莉は欠席が増え、そのたびにその交際相手の素性について、その異常な束縛ぶりや言動の強要について、ひそやかに噂が回った。命に関わる修羅場を仲裁に行った黒田先輩が救急車を呼んだという、まことしやかな話まであった。

みんな心配してみせながらふたことめには「付き合う前にわからんもんかねぇ」と訳知り顔で眉をひそめ、そりゃわからんよ、と南はその言いぐさのほうに眉をひそめた。コンパで罵られて以来南とは目も合わせなくなった例のOBは、「俺、むかしからあの子は騙されると思ってたんだよねー。さみしがり屋で愛を求めてます感全開だったもん。本人にも、つまんない男に気をつけろってさんざん言ってたんだよな」とうそぶいていたらしい。元彼にそう聞かされた南が「二度とその件について口にするな」と低い声で凄んだのは、べつに友情からくる言動ではなかった。どちらかというとそのOBの変わらない品性より、うまうまとそのとおりになった愛莉にいらだっていた。

「そんなときに飲み会で、南とふたりきりになったんだよね。五、六年前かな」

「そうだね。わたしそのころ、まだ銀行にいたはずだから」

社会人二年目の年末だった。愛莉が来やすいようにという配慮だろう、もともと小規模な飲み会だったが、主催者の黒田先輩が残業で大幅に遅れ、ほかのメンバーにもキャンセルが相次いで、けっきょく南は当の愛莉とふたりきりで一時間近く飲むことになった。正直、面倒だと思ったことは否定できない。

「ごめん、憂鬱だったんだ。バカにされるだろうなって。ほら、南って自分にも人にも厳しいイメージあったから。むかしOBの先輩に『うなずかれたいだけなら鹿威しにでもしゃべっててください』って言い放ったの、ちょっとインパクトすごかったし」

「記憶にございません」

「いや嘘でしょ。でもわたし、ぜんぶどうでもよくなってたからさ。会った瞬間に『ごめん、いろいろあったからいま笑えないんだよね。でも、べつに南さんになにかしてほしいわけじゃないから』ってシャッター下ろしたの。南、そのとき自分がなんて答えたか覚えてる？」

「うーん……どうしたの、大丈夫、とか」

「ううん。『そう、わかった』って。すっごいどうでもよさそうに。それからぼそっと『さまぁ～ずのトークライブDVD、おもしろいよ』って付け加えたの」

これほど自分に裏切られたと感じたことは、おそらくいままで一度もなかった。

「……マジで?」

「うん。コントや漫才だと心して見なきゃって構えちゃうけど、トークなら弱ってても見やすいよ、おかゆみたいなもん、さまぁ～ずはとくにそうで個人的には初めての単独ライブがなんだかんだでいちばん好きかなーって。えんえんと」

「しょーもな……」

己の底の浅さにうんざりしていると、愛莉も後ろを向いたままくつくつと笑った。

「ほんと、しょーもな! と思ったよ。こっちは死にそうな気分なのに、なんでそんなどうでもいいことばっかり言うのって。でもまあ、せっかくだしと思って、帰りにＤＶＤ借りて見てみたの。そしたらほんとに笑えたんだよ。ぷふっ、って感じで」

「まあ、さまぁ～ずに間違いはないからね」

我ながら発言自体はしょうもないとは思うが、話した内容に偽りはなかった。そのライブは「人間を二種類に分けるとしたら」というテーマトークがとくに南のお気に入りで、暗記するほど何度も見ているのに毎回おなじところで笑ってしまう。

「びっくりした。あ、笑えるんだって。もう心なんか死んだと思ってたのに、おもしろいことに反応する機能は生きてるんだって。ちょっとへこんだよ、自分に裏切られたみたいで。でも、あんまりぽろぽろ笑えるから気がついた。逆だ、笑いたい自分を不幸ぶりたい自分が裏切ってたんだって」

「……うん」

「だから南も、泣く権利がないとか決めつけなくていいんじゃないかな。やってみないとわからないことだって、たぶん、あるんだと思うよ。ありがちな言葉だけど」

愛莉はずっとこちらに背を向けたまま、消えたままのテレビに向けてしゃべっていた。そのうなじは相変わらず白く、重たい花を咲かせた百合のようにちょっとうなだれている。重く死にかけた心を抱えながら、それでも生きようとする体に従って、ＤＶＤをひとりで見ている彼女の姿を想像しそうになった。

液晶に映る自分の顔を見せたくなくて、テーブルを片付けるふりをしながらテレビに背中を向けた。

「とりあえず、お茶入れてくる」

テーブルの食器を重ねて立ち上がる。ありがとう、と愛莉は穏やかに言った。

台所の流しで食器や茶碗を洗っていると、コンロの上、肉じゃががまだ残っている鍋が目の端にちらついた。水流をもう一段階強くする。愛莉はテレビを見だしたらしく、ダイニングから音楽が漏れてくる。

そんなにいい話ではない。

求められていないなぐさめを押しつけなかったのも、相手の事情に深入りせずお笑いのＤＶＤを勧めたのも、興味がなかったからだ。どん底にいる相手には、どんな言葉も届かなくなると知って――いや、諦めていた。底なし沼にひたすら花の種を投げ込むような徒労感を、自分の存在なんかこんなものかという投げやりな絶望を、こちらまで引きずり込まれそうになる焦燥感を、わかっていて手間を惜しんだだけだ。

あんなふうに思われていたなんて、考えてもみなかった。

勢いよく水を流したはずみで、食器用洗剤の泡が顔のほうまでのぼってきた。それがふいに鼻先ではじけて、その拍子につんと目が痛くなる。服の袖で、ごしごしと拭う。

――手作りじゃないんだな、と思って。

初めてのバレンタインにそう言われたとき、これだから男は、と考えた。誠意が伝わらなくて悲しかっただけなのに、話し合うより先にどこにもいない「男」に責任を押しつけた。そのほうが楽だから、手間を惜しんだのだ。

そんなことの繰り返しだった。人間同士で付き合っていたはずが、いつのまにか、それぞれ男と女というグローブをつけて殴り合っていたようなものだった。自分の中の「女」ではなく「わたし」を見てくれと言えばよかった。「これだから男は」じゃなくて「女」で「わたし」を覆い隠すなと怒ればよかった。伝わらないとしても試せばよかった。彼のほうもおなじことを望んでいたかもしれない。でもそれなら「俺の気持ちをわかって」と言ってほしかった。

それができなくなっていた時点で終わっていたのだ。きょうを最後に、自分はたとえ洗剤や映画の力を借りたとしても、過去を思い出して泣くことは二度とないだろう。

「……マカロンあるけど食べるー？」

水音に負けない声で訊くと、一拍置いて返事があった。

「えー、まだ残ってたの？」

「ううん、作った。経済活動の一環で」

「うそ、あれって作れるんだ」

「あられと一緒に、甘いのとしょっぱいので交互に食べればいけると思うんだよねー」

「え、これも開けるの？　入るかなあ……」

「これからその映画見るんだったら、絶対に塩分足りなくなるから。めっちゃ水分と塩分絞られるから。『ぼのぼの』舐めんな」

「そ、そんなに……？」

怖気づいた様子の愛莉に、ここぞとばかりに不敵な笑い声を聞かせてやる。今度の「女子力向上委員会」にはお気に入りのチョコレートとさまぁ～ずのＤＶＤを持っていこうと決意しつつ、南はやや水の勢いをゆるめて皿をすすいだ。

冬　茶道とスカート

愛莉は南とちがって、めったに感情をあらわにしない。

学生時代から、彼女のまわりには自然と人が集まってきた。そのぶんよくも悪くもいろいろなことが起こったが、本人はいつも変わらない。にこやかな顔と穏やかな相槌で、たいていのことはそれこそ綿菓子のようにくるくるとけむに巻いてしまった。

記憶にあるかぎり、彼女がはっきりと怒りを表明したのは一度だけだ。もう十年以上前、芸能人の「三十五歳を過ぎた女は羊水が腐る」という問題発言がサークルの部室で話題になったとき。ほとんどの男性部員が一様にそれをあげつらう中、黒田先輩だけがぽつっと「まあでも女の人は大変だよな。賞味期限じゃないけど、そういうの、どうしたってあるから」とつぶやいた。らしくもない失言に場の空気が凍りついた次の瞬間、ひとりその場から立ち上がったのが愛莉だった。

――先輩のほうこそ、腐ってますね。

そう言って、静かに部室を出ていった。しばらく漂っていた地獄のような沈黙は、先輩があわてて椅子を蹴立てる音で破られた。

それからかなり長いあいだ、彼女は先輩と距離を置きつづけた。近寄られそうになるとさりげなく避け、あしらい、矛先を逸らし、近づくことを許さない。なにより恐ろしかったのはそれらすべていつもどおりの笑顔でやってのけることで、許しを請いたい相手からすれば、怒鳴られたり無視されたりするほうがよほど楽だったにちがいない。

針のむしろとはああいうことをいうのだろう。サークルのアイドルを逃しかけた先輩は、めずらしく男性陣からも集中砲火を浴びたらしい。女性陣の反応はまちまちだった。黒田さんにはがっかりした、けっきょく本心ではそう思ってるのね、と同期のひとりは眉をひそめ、あの発言をもっともらしく叩く男に限って新入生にすぐ手出ししたりするじゃん、それよりマシよ、とある先輩は悟ったように肩をすくめた。南はただ、賞味期限もなにも、こっちだってべつに食べられたくて生きてるわけじゃないしねえ、と思うだけだった。

その後の詳細は知らない。だが、いつのまにかその冷戦が終結したらしいと気がついたときにはいっそ感動して、先輩はえらいなあ、と子供のような感想を抱いた。あそこからちゃんと自力で信頼を回復するなんてすごい勇気。わたしだったら、佐伯さんからあんなふうに怒られたら逃げ出したくなるわ。

そのとおりだった。はからずも、十年越しに判明してしまった。

『こっちが悪いのはわかるけど、なんかやっぱ、あの態度はどうなの？』

まわりの乗客に見えないように、角度を気にしながらスマホに打ち込む。

送り先は、愛莉ではない。ラインで参加者が自分だけのグループを作り、そこに日々のもやもやを書きためる習慣は数年前から始めた。グループ名は「はきだめ。」にした。最後の「。」はせめてもの抵抗で、言い捨てると悲壮すぎるし「！」や「☆」より実感に近いぎりぎりの線を突いている、とひとりで満足しているが褒めてくれる人はもちろんいない。

『八つ当たり入ってない？　なんかずるいっていうか』

ＳＮＳに愚痴や悪口を垂れ流す人を見るたび、まあガス抜きも必要だよねと納得する反面、本当に人望と引き換えにしてまでこんなことが訴えたいのかなと疑問を覚えていたのが始めたきっかけだ。雑誌でストレス解消法特集を組んだときのアンケートで見たやりかただが、やってみると性に合っていた。形式はＳＮＳなので「ひとりで我慢している」感はノートに手書きするより薄いし、あとから読み返して「ここまで言うほどじゃないな、あのとき我慢してよかった」と自分を肯定できる。一度悪口雑言が表示されたままのトーク画面を元彼にうっかり覗かれて以来、すっきりするまで書き散らしたらスタンプを連打して砂かけするのも忘れない。

しかしこればかりは、いくら吐き出しても言葉は尽きない。

『言いたいことあるなら、なんで言ってくれないんだろう』

あらためて活字にすると、いかに自分が戸惑っているか思い知らされた。やっぱ嫌われたのかな、といったん付け加えて、その部分は削除する。楽天パンダが黒い表情を浮かべるスタンプでとりあえずひと区切りをつけた、そのタイミングで電車が目的駅に着いた。

ことの発端は先週末、ふたりで行った年明けのバーゲン巡りだった。

福袋セールもあらかた落ち着いたころを見計らい、いつも遊んでいる池袋ではなく銀座で待ち合わせた。思いきりストレスを解消するつもりで臨んだが、控えめに言っても首尾はいまいちだった。南は趣味に合わない服をしつこく勧める店員に「こういうのは好みじゃないので」と正直に伝えて「あー、流行りとかあんまりわからない感じですか?」と返されたことで一触即発になり、愛莉は形の複雑なニットを裏表に試着してしまい「鼻で笑われた……」と意気消沈して試着室から出てきた。けっきょく戦果はふたりともゼロ、戦意喪失した南のほうから「きょうは分が悪いから後日出直そう」と結論づけて、ぐずぐずと近くのビルにあった喫茶店になだれこんだ。

「どうして最近って、ああいうどう着るかわからない服が多いんだろう。着こなしが難しいとかじゃなくて、純粋にどの穴からどのパーツを出すのかわからない……」

「まあまあ。それは愛莉のせいじゃなくて、店員側のプロ意識の問題だから」

「ああいうのってやっぱり業界的にも流行ってるの?」

日あたりのいい窓際の席で、冬の太陽がときおり愛莉のネックレスや南の腕時計に反射しては、テーブルに金色の模様をつくった。だいぶダメージを引きずっていた愛莉はホットコーヒーふたつとチョコチップマフィンをはさんでそこで向かい合うまでの道中も、おなじ話を何度も、ちょっとうんざりするほど蒸し返していた。

「だからホント、気にする必要ないって。ていうか、渋谷原宿ならまだしも銀座くんだりで『わたしもおなじの持ってるんですよ』を聞くとは思わなかったよねー。あれだけ言ってオチもなにもつけない店員、この世から撲滅されてほしいわ」

「そのくらい便利で着やすいですよってことじゃないかな。あ、そういえばさっきのニットのときにもそれ言われた気がする……」

「……ええと。愛莉はどう返すのが正しいと思う？　あれ」

「『偶然ですね、わたしもです』っていうのはどうかな」

「手に取って見てるのに？」

「じゃあ『わたしのいまは亡き姉も持ってました……』とか」

「死んだの最近ってことだよねそれ」

笑い話のつもりでなにを振っても、愛莉の表情は暗いままだった。いつもなら打てば響くように返事があるのに、まるで自分が宇宙一つまらない人間になったようで南まで気持ちがふさいでいった。合コンで女が盛り下がってるときの男ってこういう気分なのかな、と若き日の自分を反省さえした。

「逆の意味でマジックワードだよね。ほとんどの場合『だからなに』だし、相手がモデル級の美女でも『あんたの着こなしが庶民の参考になるわけないだろ』って思うし」

「南、それファッション誌全体への否定だよ……」

業界関係者などだれも聞いていないのに、思わず咳き込んでしまった。いま振り返れば、あの時点で発言を慎んでおくべきだったのかもしれない。

「あの『自分がいいと思うんだからあなたにだっていいものなのよ』的な押しつけがましさ、ホントなんなんだろ？　母親じゃないんだからさあ。親でも滅入っちゃうのに」

「南、年末実家だったんだよね？」

「そう。もー、最っ悪だったよ」

南は狭い丸テーブルに頬杖をつき、盛大にため息をついた。

頬杖をつくのはむかしから、機嫌が悪いときに出てしまう癖だ。幼いころにさんざん矯正されていたはずが、なぜかその日だけは抑えきれなかった。

「どうしたの、喧嘩でもした？」

「なんかさー、全体的に古いんだよね。娘の食べ物の好みは十代のころで止まってるわ、学生時代の友達とまだ仲がよくて当たり前だと思ってるわ、女の幸せは結婚出産ってとこから抜け出してないわ。そのくせこっちの言葉なんかロクに聞かないんだもん。正直疲れる」

話すにつれて両親とのストレスフルなやりとりが思い出されて、いつのまにか、空になったカップの底で腹立ちまぎれにテーブルに叩いていた。こんこんこんこん、とリズムを刻みながら、雪玉が転がるように愚痴はふくれ上がりながら加速していった。

「ホント時代遅れ。ひとところで定年まで勤めないと社会人じゃない、結婚出産しないと女じゃないみたいな価値観をまだ引きずってるのも、いい歳の娘にいまだに『ハンカチは持ったの』レベルの発言してくるところも。べつに自分たちだけでそうしてくれるぶんにはいいけど、こっちにまで押しつけないでほしい。昭和で時間止まってんじゃないかな」

顔を合わせるたびに結婚はいつだとほのめかしてくる両親に、十年近く付き合った恋人との破局を報告しないわけにはいかなかった。

父は南のほうが驚くほど怒り狂い、母は涙を流さんばかりに落ち込んだ。ふたりとも、そろって「嫁入り前の娘の二十代を浪費した」と彼を責めた。これもある意味「羊水腐る」とおなじ目線から出る態度だよなとうんざりしながら、南はとりなすつもりで「大丈夫だよ、結婚できなくても仕事がんばって自活するから」と口走った。

「そしたら父親の台詞がさあ――『がんばるったっておまえ、そんな洋服だのアクセサリーだのチャラチャラ紹介するような仕事、一生やっていけるわけがないだろう』」

「……あー……」

相手の反応が電池切れ直前のおもちゃのように鈍くなっていることを、そのときもっと気にしておくべきだった。

「ありえなくない？」

「うーん、まあ、でも、心配からくる発言だから」

「心配って、さあ。こっちが大丈夫だって言ってるのに。そもそも自分だって働いてたくせに、仕事バカにされるとムカつくってこともわかんないとか信じられない。もうボケたんじゃないのって感じだわ」

「……それはちょっと、言いすぎじゃない？」

控えめな反論に、やっと口をつぐんで頬杖を外したそのときには、愛莉の顔色は紙のように白くなっていた。表情はいつもどおりにこやかだったし、この冬場にささくれひとつない手は、微動だにせず穏やかに空のカップをくるんでいた。

それでもわかった。あ、わたし地雷踏んだ。

相変わらず口角は上がり、目尻は下がっていたが、もはや南の目にはその表情が笑顔に見えなかった。まるで能面だと思った。ちょっと角度を変えるだけで親しみもいらだちも表現する。顔をゆがめて口汚く激高するより、むしろ深い凄味を持って。

「気持ちはわかるけど。ちょっとね、子供っぽいんじゃないかな」

「……怒ってるの？」

「そんなことないよ」

「や、あきらかに嘘でしょ」

「ちがうって」

ごめんと言うには困惑が勝っていた。よくわからないがとりあえず謝る、という行為がいかに相手の神経を逆なでするか、南も経験上よく知っている。だがなにかを訊くほどに愛莉はますます口をつぐみ、それでいて決して元の態度には戻らなかった。

「意味がわからないんだけど。急になんなの？」

焦りも手伝って語気を強めると、愛莉はふいに目を伏せてつぶやいた。

「……わたし南のこと、もっとフェアな人だと思ってた」

南は音を立てて頰杖をつき直し、仮面の下を覗きこむように愛莉を見上げた。

「それ、こっちの台詞なんだけど。言いたいことがあるならはっきり言えば？」

愛莉は財布から二千円を出して、テーブルの中央に置いた。

どう見ても、こちらの分までまかなってお釣りがくる金額だった。とっさに自分の財布を出そうとした南を、愛莉は立ち上がりながら「いいよ」と制した。遠慮ではなく、命令だった。

「ごめん、そろそろ行くね。宅配便が来るんだ」

そんなことは待ち合わせたとき、ひとことも言っていなかった。

大学時代から着ている水色の丸衿コートをはおりながら、愛莉は足早に去っていった。その姿が見えなくなってから、南は腕時計に目を落として五十数えた。

窓の外を見ると、水色の影が駅に向かって歩いていくのが見えた。足取りには迷いがなく、とくに引き止められたがっているようには思えなかった。

まだ日本の伝統文化を扱ってないですね、という編集長のひとことをきっかけに、次の体験記のテーマは「茶道」に決まった。

どこで予習をするか考えたとき、南はすぐに万砂子《まさこ》さんの顔を思い出した。南が銀行にいたときかわいがってくれたパートの女性で、初心者向けの茶道教室をやっているから一度どうぞと前から誘われていたのだ。彼女からは毎年年賀状をもらっていたのでそれをきっかけに連絡をとり直し、快く「新春は初釜だから一月下旬の練習からいらして」と許可をもらった（南は初釜の意味がわからず、電話ではしれっと相槌を打ってあとで調べた）。

自治体が引き取って区民向けに開放しているという古民家の一室で、その教室は二週間に一度行われていた。流派としては表千家になるらしい。生徒は万砂子さんの知人ばかり五、六人で「細々とやっている気軽な教室」と万砂子さんは言っていたが、一列に並んで正座をし、人のお点前を見守る空気は南からすれば厳粛そのものだ。

「では、袱紗《ふくさ》を。……はい。このときには音を立てないでね」

万砂子さんは床の間の脇に正座をして、南より年下らしい女の子を指導している。長い黒髪をきっちり結い上げ、控えめなアイボリーの和服（と南は思ったが、生徒のひとりである年配の女性が「あら先生、きれいな鳥の子色ですね」と言うのを聞いてあわてて飲み込んだ）を完壁に着こなしている。お上手になられましたね、と生徒に微笑みかける姿はいかにも上品でたおやかで、こんな人に郵便の発送やら買い出しやらを無造作に頼んでいたのだと振り返ると恥ずかしくなった。しかも、当時は忙しさにかまけてそれを当然のように考えていたのだ。自分がいかにがさつで無神経な人間だったか、いまさら思い知った気分だった。

もっとも、がさつで無神経なのは過去形ではない。

また愛莉との一件を思い出し、南は内心、深々とうなだれた。

南のほうには、もう怒りはない。買い物で解消するはずのストレスがむしろたまってしまい、自己処理すべきそれを愛莉にぶつけたのかもしれない。いつもなんでも受け止めてくれる彼女を相手に、無自覚に増長もしていたのだろう。しかも内容は思春期みたいな親の悪口。弁明の余地はない。

だが、ひっかかるのは愛莉の言いようだった。

「わたし南のこと、もっとフェアな人だと思ってた」

握手を断った芸能人に「あなたのファンだったのにがっかりです」とのたまうようなそれこそアンフェアなやりかたを、愛莉も自覚していたんじゃないか。去りぎわに出された二千円、後ろめたいところがないなら自分のコーヒー代だけ出せばいい。

愛莉から、あまり家族の話は聞いたことがない。実家は山梨、両親は健在で姉と妹がひとりずついる、そのくらいだ。たまに帰省はしているらしいが、積極的に家族の話を出すのはどちらかといえば南のほうだった。もしも家族に問題を抱えているとしたら、それは腹を立てられてもしかたがない。

そこまで考えて、ひっかかる。

相手が自分より不幸でかわいそうだから、わたしは態度を変えるんだろうか？

せめて愛莉のほうがもう少し本音を打ち明けてくれればいいのだが、いまや完璧に心を閉ざされている。こんなときに限って相談できそうな黒田先輩は旅行に出かけていた。どう仕事と折り合いをつけているのか知らないが、あの人は年に最低一度、愛車のアルゴン18と一緒に二週間以上は海外を放浪しないと気が済まないのだ。今年はたしかチベットだと、先月連絡したときに言っていた。

ぐるぐるとおなじところを堂々めぐりしているうちに、だんだん集中力が切れてきた。ついでに足もしびれてきた。折り曲げたひざから下の血の気が失せ、考えつづけている頭ばかりがオーバーヒートしてくる。そのまま電源が切れてしまいそうだ。

これまで気がつかなかったが、愛用している細身のパンツはまったく正座に向いていない。ぴったりした布地が血管を圧迫し、魔球養成ギプスでもつけているようだった。姿勢を変えようにも、この服装で足を崩せばすぐにばれてしまう。

まわりの様子をちらりと窺う。右どなり、いちばん位の高い正客の位置は、教室でももっとも年配らしい女性がいた。おそらく南の母親より、ひとまわりは上だろう。万砂子さんの着物を

「鳥の子色」と称した人で、自分も淡い藤色の着物をまとい、灰色まじりの黒髪を右側に流してひとつに留めている。一糸乱れぬその佇まいに、ひそかに苦悶しているような様子はまったくない。彼女を除いて四人いるほかの生徒も、もちろん万砂子さんも、涼しい顔をしている。そしてみんな、和服なりひざ下丈のスカートなり足首まで隠れるワンピースなり、足を見せない服装をしていた。

こういうとこだよな、と小さくため息をついた。

三十路も間近なのに正座ひとつも満足にできない。育ててくれた親と喧嘩して帰省を切り上げ、親の悪口を言って人を怒らせる。どんなにうわべをとりつくろっても、自分にはなにか重大な欠陥がある。そんな気がしてたまらなかった。

似たような気持ちをむかし、どこかで味わったことをふいに思い出す。なんだっけ、と考えているあいだに、茶碗に入った薄茶が前に置かれた。ぼんやりしていて、ほかの人が飲んでいるときに作法を確認するのを忘れていた。思わず一瞬、急に驚かされた猫のように固まってしまう。

「……次のかたにごあいさつして、時計まわりに二度。必ず飲み切って」

硬直している南に言ったのは万砂子さんではなく、右側にいた着物の女性だった。

穏やかな口調にもかかわらず、なぜか背筋がひやっとした。おこられる、と反射的に感じた。

薄茶はまろやかな舌触りにもかかわらず苦いざらつきを喉に残したが、右側からの視線に押されるように「おいしいです」とつぶやいた。

喉の苦みは、稽古のあいだじゅうずっと消えなかった。せっかくだからと言われて見よう見まねでやった点前はひどいありさまで、入室の時点で「いまのかたは足が長くていらっしゃるから」とやんわり大股歩きを指摘されていきなり心が折れた。袱紗さばきは何回やってもうまくできず、窯からひしゃくでお湯をすくおうとしたら手元が狂って盛大にこぼし、立とうとするたびに足がもつれて蛙のようにべしゃりと手を突く羽目になった。そうして点てたお茶は、だれからも「けっこうな味」とは言われなかった。

「はじめてなんですもの、しかたないですよ」

恐縮するたびに万砂子さんはにこやかになぐさめてくれたが、慈愛に満ちたフォローさえいまは痛いだけだった。来週に控えた本番の取材先が、正座不要を売りにしているらしいことだけが唯一の救いだ。銀座で開催されている若者向けのワークショップらしいが、このバリアフリーのご時世を思えば現実的な選択だろう。正座なんて足の骨がゆがむというし、いまのライフスタイルにも合わないし、ろくなことがない。

夕方からレビューを寄稿しなくてはいけない映画の試写会があったので、点前のあいだの休憩中に退室させてもらうことにした。また来てねー、とほがらかに誘ってくれる万砂子さんに曖昧なあいさつを返し、痛む足を動かして廊下に出たとき、

「次回はもうちょっと、お力をゆるめるといいですね」

水をかけるように、うしろからそう声をかけられた。

藤色の着物の女性が、いつのまにか背後に立っていた。また「おこられる」と体が勝手にすくみ上がる。万砂子さんはたしか、彼女を「祖父江《そぶえ》さん」と呼んでいた。

「竹のお味がしましたので」

一瞬きょとんとしてから、はたと気づいた。抹茶に熱湯を注いで攪拌《かくはん》するときに、全力で茶碗の底に茶筅をこすりつけていたらしい。すみません、と小声で謝ると、彼女は目を細めた。いちおう笑顔に見えるがそうとは限らない、能面じみた表情だった。

「また、いらっしゃるんでしょう?」

「ええ、あの、予定が合えば」

「最初はおつらいでしょうけど、慣れですよ。正座もね」

ぎょっとしたときにはもう、祖父江さんは和室に戻っていっていた。

おそらく自分で結んだのだろう、複雑な形状の帯を見ながら、なぜ彼女に話しかけられたとき「怒られる」気がしたか思い出した。子供のときに通っていた習字教室の「おばあちゃん先生」は、あのころちょうど彼女くらいの年代だった。

正座を終えて血が通い出した両脚が、ひざの痛みを訴えてうずいていた。

その習字教室の生徒は、下は幼稚園児から上は高校生まで。当時はじゅうぶん幅広い年代に見えたが、大人はひとりもいなかった。書道よりしつけを目的として通わせる親が多かったのではないかと、ずいぶんあとになってから気がついた。

先生は小柄な年配の女性だった。鎖が垂れ下がった金色の眼鏡をかけ、いつも動物柄の服を着て、前髪だけ紫に染めていた。その部分に魔力がこもっているともっぱらの噂だった。白髪の黄ばみをごまかすために反対色の紫の染料を使うのだと、南が知ったのはこの仕事に就いてからだ。正確な年齢はいまだにわからない。南の母が子供のころから「おばあちゃん先生」と呼ばれていたというが事実は不明だし、そもそも彼女に「おばあちゃん」などと呼びかけられる生徒が実在したかも怪しい。

小三のときから、週に一度そこに通いだした。先生の自宅の離れだという教室は、引き戸を開けると三和土《たたき》越しに板張りの空間が広がっているのが見えた。寺子屋の要領で長机が並び、座布団もなにもなく、生徒たちは固い床にじかに正座をして、一時間半あまり習字をした。いったん座ってしまえば、立ち上がれるのはトイレに行くときと先生に書いた文字を見せに行くとき、そして帰るときだけだったので、入る前に外でストレッチをしたり屈伸をしたりする生徒をいつも何人か見かけた。

トイレに行くときには、十人あまりが黙りこくっている中で手を挙げてフルネームを名乗り、そのうえで「お手洗いを使わせてください」と申告しなくてはいけなかった。半紙を見せに行くと、先生は眼鏡を直しながら朱色の墨で修正を加え、直しが三か所以下なら丸がもらえた。

直しがゼロだと花丸がついたらしいが現物を拝んだことはない。そして五枚以上の半紙に丸がつくまで帰ってはいけない決まりになっていた。

だれから教えられたわけでもなく、どうやってあんな複雑なルールを十歳にして自力で理解できたのかいまだに疑問だ。ただ最後のひとりになると魔女に変身した先生にさらわれるという噂だけは早々に吹き込まれるので、とくに小学生たちはみんな早抜けしようと必死で、南も含め何人かが力を入れすぎるあまり書き損じたり半紙を破ったりした。姿を見なくなった生徒は先生に食べられてしまったのだと、半ば本気で信じていた。

だが、いちばん印象に残っているのはそんなことではない。先生の机の脇にいつも置かれていた、アルミ製のせんべいの箱だ。それの用途に気がついたのは、通いはじめてしばらく経ったころだった。二十分遅刻して無言のまま席につこうとした高学年の男の子に向かって、先生が箱を持って立ち上がり、彼のつむじにその角を振り下ろしたのだ。

除夜の鐘を思わせる、どこか間延びした音が教室いっぱいに反響した。気の抜けた音とは裏腹なすさまじい光景にその場は凍りつき、南は筆の先から墨をこぼした。

靴を揃えていない、人の迷惑を考えずに道具を広げている、私語がうるさい、墨を床に飛び散らせて拭かない、洗い場を片付けない。マナー違反を先生は見逃さず箱を持って立ち上がり、数秒後にはぼうん、と音を立てた。それが聞こえるとみんな不思議と視線を逸らし、ひとりも現場を直視していなかった。

――そのまま大人になったら、だれも叱ってくれませんからね。

それが先生の口癖だった。

南も二回ほど餌食になった。一度は頰杖をついていたときで、次は正座がつらくて爪先を崩したとき。頰杖は母にもよく叱られていたので我慢したが、二度目のときは、勇気を出して直接訴えた。ずっと正座でいると足が痛くて感覚がなくなって、書くことに集中できないんです。

――わたしの父は戦争で、感覚どころか足ごとなくしましたよ。

先生は、南を見下ろしながら即答した。

――健康な足があるから痛いんです。

そうとどめを刺されて終わりだった。教室のだれもこちらを見ていなかったが、さっきの南とおなじことを陰で言っていたはずの生徒たちはひとりとして、そうだそうだ、とうなずいてはくれなかった。まるで南が「丸は五枚じゃなく十枚集めないと帰れないことにしませんか」と言ったみたいだった。

その日、南は二時間かけてやっと丸を五つとり、最後から三番目に教室をあとにした。引き戸を開けて、とっくに日が暮れた外に出て肩を落としたとき、ふいに横から名前を呼ばれた。入口の陰に隠れるように立っていたのは、見覚えのある女の子だった。教室ではいつも右側の列の後ろにいるし、小学校でもおなじ階の廊下でたまに見かけるので同級生だとわかっていた。なぜ名前を知っているのかと訊くと当然のように「トイレのときに言ってたし」と答えられ、子供ながらあらためて頬が熱くなった。

——わたし、かわむらせりなっていうの。せっちゃんでいいよ。さっき、すごくかっこよかった。勇気あるんだね、ちゃんと言いたいこと言えるなんて。

ほかの子のような乱暴な方言のない、テレビドラマのような美しい標準語だった。前髪はかなり短かったがそれがよく似合ってもいて、そのこともどこか、まるで本の世界から抜け出してきたような特別な存在感を彼女に与えていた。目の強さもあいまって奈良美智のイラストに出てくる女の子みたいだったと、しばらく経ってから直接本人にも伝えた。

その帰り道で、これからは毎回一緒に帰ろう、と約束した。どちらかが先に丸を五枚ためたときは、残ったほうが帰れるまで待っている。最後のひとりになるまでもう片方が出てこなかったら中の様子をそっと確認し、魔女になった先生から相手を助けてあげればいい。

けっきょく南は何年かして教室をやめてしまったが、それまで約束は守りつづけた。

あの習字教室がどうなったのかは知らない。このご時世だからさすがに存続していないとは思うが、もしかしたら大人からは一定の需要があるのかもしれない。いずれにせよ、わざわざ確認する気にはなれなかった。とりあえず南はいまだに、デパ地下や老舗の和菓子屋などでアルミ箱を見かけてもいっさい食指が動かない。

「うーん……」

さっきからたぶん十分以上、クローゼットに首を突っ込んだままでいる。

べつにナルニア国を見つけたいわけではない、単にスカートを探しているだけなのに、ちょうどいいものがまったくないのだ。もともとパンツ派なのでスカートもワンピースも少ししか持っていないうえに、冬場はだいたいタイツとブーツを合わせるので丈の短いものばかり買ってしまう。丈の長いワンピースやスカートはあきらかに夏物の薄手だし、やっと一枚出てきたフレアスカートはただでさえアラサーには厳しいチュール素材。これで「祖父江さん」のとなりに座る自信はない。

——慣れですよ、正座もね。

底知れぬ響きを思い出して、とっさに、ぱっとクローゼットから離れた。

「あー……」

一歩引いた場所から眺めると、久しぶりに収納の全貌が見えた。六割が白黒、残りの三割がカーキかベージュ。首にものがあたるのが苦手なので、衿のついたシャツはほとんどない。上はゆったりしたブラウスかニット、下にパンツを合わせて一年の半分以上を過ごしている。服がベーシックなぶん、鞄やアクセサリーは遊びをきかせたものが多い。

この歳にして、だいたい趣味嗜好が落ち着いた。ここまで大変だったなあとしみじみする気分は、眼下を眺望する登山家のそれに近い。

高校生までは制服を着ればよかったし、与えられたものを調整するだけで自己演出できた。

ジャージの裾のまくりかたひとつで「おしゃれ」か「ダサい」か判別される世界は、偏狭だし理不尽だがそれなりに楽だった。大学で自由意志の世界に放り込まれてからが紆余曲折で、多くの女性とおなじように南も、黒歴史でできた数多の山を乗り越えてきた。

最初は地元のいとこから大量におさがりをもらって着回していたが、先輩たちから「オンオフの激しすぎる熟練キャバ嬢みたいな新入生がいる」と噂されていることを知り、これはやばいと思って大学二年のときに手を伸ばしたのが同世代向けの女性ファッション誌だった。まずは読み比べから始めて、いちばん自分に合うと思ったものを購読した。最初は鵜呑みにしすぎて財布も精神も追いつかなかったが、それでも失敗を繰り返しながら少しずつ、ストレスのない買い物のしかたを学んでいった。

このクローゼットが山頂から見るご来光なら、ファッション誌は地図のようなものだった。この世に雑誌がなければ、洋服と人生の折り合いをつけるのはきっと何倍も大変だっただろう。いつまでもあってほしいしもっと使いやすくなってほしい。それが「チャラチャラと流行を追っている」ように見えたとしても。

実家で投げつけられた言葉を思い出して、南はひとりで顔をしかめた。

両親はきっと、洋服や化粧を気にするのはバカで贅沢な小娘のすることだと信じているのだろう。自分の道だけを貫いてひとり立ちできる女なんてごくわずか、ほとんどの女の人生には見た目が影響を及ぼす。否応なしだからこそ楽しまなければやっていられない。きっとそれがわかっていないし、わかろうとすらしない。

ほんと、いちいち古いんだよね。

内心で毒づいたとき、ふいに「フェア」という愛莉の言葉が脳裏をよぎった。

ふだんの南は、べつに親と仲が悪いほうではない。兄が生まれて六年後にできたひとり娘なので、それなりにかわいがられたほうだと思う。父はＪＲが国鉄だったころから二年前に定年退職するまでほぼ無遅刻無欠勤を通し、子供ふたりの受験が重なって晩酌がビールと唐揚げから発泡酒と冷奴になっても我慢していた。そのころから専業主婦だった母も学習塾でパートを始めた。裕福ではなかったが、経済的な理由でなにかを制限されたことはない。牛肉より豚肉、でも肉は食べられる。私立大学より国立大学、でも進学はできる。その程度だ。

まあ、そんなふうに生きてそろそろ六十年近くになる両親が、秒単位で変わる流行にやたら敏感でも気持ち悪いかもしれない。それを追いつづける娘が軽薄に見えることも、あるだろう。

「服は最小限でいい、ミニマリスト宣言！」特集の次号で「大人の女なら白シャツだけで最低三枚」などとあおっていたり、「オイルクレンジングは肌に猛毒」と説く美容家のインタビューを組んだ十ページ後に「ベストコスメ百選」をおいて毒と言われたものを堂々と紹介したりする業界だから、節操がないといえばない。それでもやっぱり、そこには人生を賭けてみたいものがある気がする。でも、どう伝えればいいのかわからない。

ふたりとも平凡な親だった。平凡を貫くことが難しいとわかる程度には、自分も歳を重ねてきた。だからこそこれまで年末年始の帰省は欠かさなかったし、誕生日や記念日にはなるべく贈り物をして、無理ならメールだけでも送った。それでも、どうしても。結婚観、女性観、プライバシー、その他諸々、価値観に埋めがたい溝を感じることは否定できないし、ときどき耐えがたいほどふくれ上がって爆発する。とくにそれが、大事なものに関することであれば。

それすら贅沢で「恵まれた」悩みと言われれば、もう、言えることはなにもない。

——いいなあ、ケイちゃんは恵まれてるね。

小さな声が、耳元で聞こえた気がした。

冷水に突っ込むようにことさら深く、またクローゼットに半身を入れる。ダメ元のつもりで、衣替えのときに春夏物を突っ込んだエリアに手を伸ばしてみる。

「……あ」

クリーニングのビニール袋に入りっぱなしだった、あるものに指先が触れた。


「姿勢がきれいになったわね、南さん」

「ほんとですか？」

「ええ、ちょっと背筋も伸びて、表情に余裕が出てきたみたい」

点前に使った茶碗を箱にしまいながら、万砂子さんに紐の結びかたを教えてもらっているところだった。準備から片付け、入室から退室、なにげない道具の置きかたひとつに至るまで、作法のないことはなにもない。きょうは点前のあと、棗《なつめ》に残った抹茶のかたちで客にレベルを確認されるのだとはじめて知った。青ざめる南に、こわいでしょ、お姑さんがいっぱいいるみたいなものよ、と万砂子さんは涼しげに笑っていた。

「お片付けしたらコーヒーにしましょうか」

季節のせいか体調を崩す受講者が多いらしく、片付けのあとで残ってちゃぶ台を囲んだのは南と万砂子さんと祖父江さんの三人だった。それぞれ南から見ればグレーと淡いベージュの和服を着ているが、たぶんそういう色として売られていたものではない。

施設共用のポットでお湯を沸かし、備えつけのインスタントコーヒーと祖父江さんの手作りだというクッキーを食べた。レーズンが入っていて素朴だが口当たりがやわらかい。素人離れしてるけどまりちーなら再現できるかもしれないな、と思った。年末年始のごたごたもあって、彼女のところにはけっきょく二か月以上顔を出していない。

「お稽古は楽しい？」

「ああ、はい。なかなか覚えられなくて、ご迷惑かけますけど」

「そりゃそうよ。何十年やってもまだまだ初心者っていう世界だもの」

「そうそう。極めようとすればきりがないわよ。どこまでも続くから『道』なの」

「はあ、果てしないんですね……」

「だから、せめて道を行くあいだは楽しくやりましょうね」

万砂子さんに笑顔で励まされて、この言葉はどうにかして記事に使おうと決めた。極めようとすればきりがない、だからせめて楽しまないとやっていられない。なんでもおなじだ。考えこむ南の顔を、祖父江さんが覗きこんできた。

「たしかにはじめのうちは、決まりが多くて大変だけど」

「あ、はい」

返事がうわずってしまった。習字教室の先生に似ていると気づいてから、どうも彼女に話しかけられると緊張する。

「ルールがきちんと決まっているって、じつは楽なことだから」

「はあ……楽、ですか」

「もう、とくにいまはね、なんでも自由な時代でしょ。こちらがありがたいと思うことで別の人はとっても傷ついたり、そんなことふつうじゃない？　でも、あらかじめ決まったお作法がしっかりしていれば、あとはそれを丁寧にやりさえすればいいんですよ」

だからってルールさえ守ればいいってわけじゃないけどねえ、そうやっていろんな流派が生まれたんだから、と付け加えて、祖父江さんは南の前ではじめてはっきりと笑顔を見せた。思いのほか女学生のように華やかなその声を、南は下向き加減に聞いていた。

「そういえば祖父江さん、お母様のお加減はいかが？」

「あんまりよくないわね」

万砂子さんに訊かれた祖父江さんは、頬に右手を当てて浅くため息をついた。

「けさも病院に行ってきたんだけどね。わたしの顔が父にそっくりなもんだから、意識がぼんやりしてると父に見えるみたいなの。もう、罵る罵る。めいっちゃった」

「まあ。おつらかったわねえ」

「わたしはあんたの子供なんて生みたくなかったー、ですって。この歳になってまで、親の確執を知りたくなかったわあ」

「この歳だから、受け入れられるのかもしれないけどねえ」

「それはそうね。お互いに先が短いから」

床の間に飾られた花について話し合うときと、ほとんど変わらないテンションだった。椿ってきれいだけどすぐにしおれちゃうのよねえ、とおなじ口調で「親って子供みたいなものね。愛しいけど厄介ねえ」とつぶやいて、ほほ、と祖父江さんは短く笑った。

南は手の中のぶどうクッキーを見下ろした。けさかあ、と考えているうちに、万砂子さんが震えだした携帯電話を持って「ちょっとごめんなさい」と席を立った。

「ごめんなさいね。若い人がこんな話、困っちゃうわよね」

祖父江さんがふいにこちらに向き直り、南はさっと居住まいを正した。

「いや、すみません、ちがうんです。あの……あー……反省してたんです。こないだ実家に帰ったとき、年甲斐もなく親と言い合いになりまして」

「そうなの、うらやましいわ。喧嘩になるくらい話ができて」

祖父江さんはのほほんと、両手で持った紙コップからコーヒーを飲んだ。嫌味ではなさそうだっただけに、せっかく褒められた背筋がまたうなだれかける。

「ご実家はどちら？」

「名古屋です」

「そうなの。あのあたり、おいしい和菓子屋さんがたくさんあるわよねえ。わたしとくにあれが好物なのよ。ういろう」

「あ、わたしも好きです」

「いいわよね、ようかんとはまたちがった、くちっとした歯ごたえで。見た目もきれいだから、お稽古用のお菓子にもちょうどいいのよ。むかしは名古屋に行くとよく買ってたんだけど、最近はなかなか機会がなくて」

「じゃ、次のお稽古のときに買ってきます」

気がつけば、とっさにそう口に出していた。

「いいの？　悪いわねえ。でも楽しみだわ」

曖昧にうなずくのが精いっぱいだった。狐につままれたような気分ってこんな感じかな、とぼんやり思う南を後目《しりめ》に、「よろしければ持って帰って」と祖父江さんは胸元から懐紙を取り出し残ったぶどうクッキーを包みだす。

「南さん、そのスカート素敵ね。大胆だけど上品だし、個性的で」

「あ、ありがとうございます」

ひざ下三センチ丈の黒のフレアスカートには、下のほうにぐるっと白と金の糸で雲と鳥の模様が入っている。どことなく化粧まわしのようにも見えるそれは、ふわっとした形といい華美なデザインといい、少なくともいまの南の趣味ではない。いつどこで買ったかも思い出せない。よくいままで処分していなかったものだ。

「これまでもシンプルでよかったけど、また印象が変わっていいわねえ」

そういえば、祖父江さんに褒められたのははじめてだった。

ふわりと広がる裾の下で組んだ足は、正座からいわゆる「女の子座り」に崩してある。きょうの稽古のあいだも、おかげで何度となく助けられた。この機会にスカートをいくつか買い足してもいいかもしれないと思ったくらいだ。

「えーと、友人が選んでくれたんです」

口にしたのと記憶がよみがえったのは、ほとんど同時だった。

「南さんのこと、よくわかってらっしゃるお友達ね」

質問ではなく断定の口調で、祖父江さんは何度か小刻みにうなずいた。目を細めたその表情は、もう能面のようには見えなかった。

「でも、いま喧嘩してるんですよ、その子とも。その、親のことがきっかけで」

「あらそれは仲直りしなきゃダメよ」

親の話のときとは一転した、ぴしゃりとした即答だった。

「……そうですか？」

「そりゃそうよ」

妙に強くうなずかれる。理由を訊ける雰囲気ではなかった。理不尽なような、それでいて納得できるような感じがした。

「なにをお話しされていたの？」

「若いかたにお説教して、お姑さん気分を楽しんでたの」

帰ってきた万砂子さんに訊かれた祖父江さんは、平然とそう言って笑った。


『僭越ながら佐伯先生にスカートを一緒に選んでほしいのですが。前に選んでもらったものの評判が、目上の人から大変よいので。お礼は、名古屋銘菓ういろうでお支払いします。』

そう送ったラインには、既読がついて半日後に答えがあった。

『年度末に入ると忙しいけど、二月中なら平気』

『再来週の土曜、池袋でどう？　ルミネ前のエスカレーターに一時待ち合わせで。』

わかった、と返事が来てからやや間を置いて、またメッセージが届いた。

『ごめんね』

楽天パンダのスタンプを送ると、地獄のミサワのスタンプが返ってきた。

めずらしく待ち合わせの十五分前に着いてしまった。人ごみの中に、まだ見慣れた姿はない。きょうは愛莉の選んでくれたスカートに、白いプルオーバーのニットを合わせてユニクロのダウンを重ねた。足元はフラットシューズとタイツ。先週末に買ってきたういろうの箱は、何か月か前に発売されたファッション誌のノベルティバッグに入れてある。

はじめてふたりで洋服を買いに行ったのは、ちょくちょくふたりで遊びはじめた数年前のことだ。万事控えめなはずの愛莉は、そのときに限って「足キレイなんだから出さないともったいないよ」と異様な熱意でこのスカートを勧めてきた。

「いつも男の子みたいな恰好してるじゃない。絶対こういうの穿けば女らしく見えるよ。南すらっとしてるから、ちょっと主張強い服でも着こなせると思うんだよね！」

押し切られて買ったはいいが、けっきょく二、三回しか着なかった。南は南で、華奢だが胸は大きい、それなのにシルエットが隠れる服ばかり着る愛莉に妙にぴったりした服を押しつけた記憶がある。「もったいない、せっかくだから出しなよ」と、奇しくもおなじようなことを言った。彼女がそれを自慢どころかコンプレックスに感じていることを知ったのは、もっと付き合いが長くなってからだった。

あのころはお互いに、自分がこの子だったらこれを着るのにという理想ばかり優先していた気がする。相手の魅力を引き出すことと、自分自身を相手に投影することはまるっきりちがう。よかれと思ってしたことで、逆に相手を追い詰めていた。ようやくそんな発想ができるようになったのかもしれない。

人の流れがいきなり激しくなった。また、新しい電車が着いたらしい。腕時計に目を落とすと、ようやく待ち合わせ時刻の一分前だった。愛莉が遅刻するのはめずらしいが、もしかしたら連絡が入っているかもしれない。

スマホを取り出そうとした拍子に、横から肩を叩かれた。

一瞬、そこに鏡が出現したのかと思った。まず視界に飛び込んできたのが、面積の大きい黒地のスカートと、その裾をぐるりと取り囲む空の模様だったからだ。

現実を認識した瞬間、うなるように低い声が出た。

「……引くわ」

「悪夢？　これ」

つぶやき返した愛莉のほうも、口元を引っ張られたようにひきつらせていた。

ふたりとも、スカートに合わせているのは白いニットだった。一見するとほとんどおなじだが、愛莉が着ているものはめずらしく襟が大きく開いた、妙に体に密着するデザインのものだった。見覚えがある、どころじゃない。数年前の南が愛莉のためを思ったつもりで、自分の趣味で見繕ったものだからだ。

足元もやはりおなじ黒のタイツで、それぞれにヒールのない靴を合わせている。どちらも微妙に異なるデザインだが、ぱっと見ただけでは大差がない。上着はふたりともユニクロのダウンで、これはかろうじて色も形もちがうが、南は紫で愛莉はピンクなので同系統といわれれば反論できない。そしてきわめつけに左手にはまったくおなじ、ファッション誌の付録のバッグを提げていた。

ユニクロのダウンはもはや一家に一着レベルの定番商品だし、人気ブランドとコラボしたノベルティバッグは店頭で売っていても遜色ないほど質が高く、雑誌は刊行以来最大のヒットを飛ばし前後号と比べても売り上げは倍以上だったと聞く。誇張ではない証拠に、一時は電車に乗るとおなじバッグを持った女性を五人は見た。

だが、それにしても。よりによって、この日でなくても。

「……これ、事前打ち合わせなしって言っても信じてもらえないよね？」

先に立ち直ったのは、愛莉のほうだった。

「そのスカートいつのまに買ったの？」

「けっこう前。うっかり自分もほしくなっちゃって。気持ち悪がられると思って言えなかったけど、南が穿いてないからいいやって」

「もー、そういうのもっと早く言ってよ！」

「いや南こそ、そのニットは」

ぐっと言葉に詰まって視線を逸らすと、腕を組んで歩くカップルと目が合った。通り過ぎざまに笑い声が聞こえたが怒る気になれない。なにせ成人女ふたりのペアルックだ。

「どうする南、この場で殺し合って負けたほうが全身買い替える？」

悲壮感あふれる顔で提案されて、ちょっと本気で検討してしまった。

「そんな無茶な。そもそも死んだら着替え必要ないし。生き残っても囚人服だし」

「あなたを殺してわたしも死ぬ」

「わたしヤンデレ萌えないいんだけど」

「いますぐまわりを消すか自分が消えるかしたい……一日地獄だよぉ」

「いやそこまで言うことなくない？　ていうか、そんなのこっちの台詞だよ。そもそも愛莉がまったくおなじスカートなんか買うから悪いんでしょ！」

「南こそもっとこうあるでしょ、クリエイティブっぽい仕事してるんだから、オリジナリティとか独自の感性とかさあ……」

「んなもんないよ、マニュアル組み合わせてできてるのが人間でしょー！」

同時にふつっと沈黙した。目を逸らそうにも、顔をそむければ周囲の視線と直面することになる。けっきょく決闘直前のように向かい合ったまま、今度は南が先に口を開いた。

「こないだの週末、実家帰った」

「知ってる」

「このスカート、評判よかったわ。親に」

「……そっか」

「あと年配のお姉様にも。わたし、あの世代にはわりと嫌われがちなんだけどね」

「そうなんだ」

「正座もしやすいし」

「その発想はなかったけど」

南にはきょうの服装を選ぶとき、愛莉の考えていたことが手にとるようにわかった。

相手の顔を思い浮かべながらスカートを選んで、それを中心にしたコーディネートを考える。目的が買い物だから試着時に脱ぎ着しやすい服。そう考えると、上はボタンのないニットかブラウス。彼女の場合、ここでも南のことを考えたはずだ。

あまり浮かれた服やゆるすぎる服はためらわれる。相手がどんなテンションかわからないからだ。ただでさえスカートの柄に個性があるので、ほかはなるべくシンプルに。ブーツだとヒールが高いし試着でもたつくので歩きやすい靴、寒いのでタイツは履きたい。カラータイツという年齢でもないのでおとなしく黒で。ただ全身白黒は重たい、相手が葬式気分になってしまうかもしれない。せめてコートで差し色をしよう。

そんなあれやこれやを一瞬とはいわないまでも、たぶんせいぜい数秒、長くても数分以内で考える。それぞれに目の前の現実に対して、傾向と対策を考えて戦略を練る。もちろんなにもないところから戦略は生まれないし、そんな暇もない。ある程度マニュアルは必要だ。その象徴として、左手のノベルティバッグ。

愛莉のバッグにはなにが入っているのか。ふと気になったが、訊くのはやめた。

「……愛莉。帰り、記念にプリクラ撮ろう。このあたりのゲーセンで」

「女子高生とはいわないまでも、せめて女子大生に見えてくれないかなあ……」

せめてもの抵抗らしく、愛莉は歩き出しながらダウンコートのファスナーを上げた。

南のほうはコートをむりやりノベルティバッグの中、ういろうのとなりに押し込む。それでも注目は逸れる様子がない。今回「わたしもおなじのを持ってるんですよ」攻撃を食らったら「わたしの死んだ姉もです」を試してみようと決めていたが、きょうは店側がそれどころではないかもしれない。

春
ピラティスと鏡

日本の美点である四季に文句をつけるつもりはないが、人それぞれに、苦手な季節というものは存在するはずだと思っている。確率的にいいことが起こらないとか、なんとなく体調を崩しがちだとか。ちょっとしたジンクスのようなものだ。南の場合それは春、とくに三月から四月のあいだだった。

まず梅がちらほらと咲き、桜がほころび、木々の緑が色づいて、風に花粉が混じる。世界じゅうが勝手に色めいて、出会いと別れ、終わりと始まり、そういうものの美しさを訴えてくる。さあアナタもがんばんなさい、とおせっかいなおばさんにずっと背中を叩かれているようで、いやわたしにはわたしのペースがありますし……と、その手をそっとどけたくなる。谷はもちろん山もいらないから、一年中おなじテンションでいさせてほしい。

厄介なのは、自分以外がほぼ例外なく暦どおりに生活しているところだ。年度末の業務に忙殺され、五月のゴールデンウィークあたりまでは人事異動だの歓送迎会だのと落ち着かない。仕事で付き合いのある先輩ライターは子持ちの兼業主婦が多く、そうなると今度は子供の卒園やら入学やらがついて回る。春の活気に乗って忙しげに舞い踊る人々をひとり外から眺めていると、悪いことをしているようでいたたまれない。

さらに今年は黒田先輩から、いきなり四国に異動するという連絡が届いた。『香川勤務になりました。二年。たまにこっち来るだろうからそんときは飲もうー』という文面をラインで見たときには、あまりにいつものノリで目が点になった。どうして異動前に連絡してくれないのかと恨めしくもあったが、内示の時期の鬼畜ぶりからしてそれどころではなかったのだろうと想像すると同情せざるを得ない。運悪く南のほうもたまたま仕事が重なってしまい、サークルのメンバーが企画したという送別会に参加する余裕もなかった。

愛莉にそのことで連絡したのも、四月半ばを過ぎてからだ。

スタンプ付きで『訊いた？　先輩四国に異動だってね！』と送っても『あー、びっくりだよねー』というテンションの低い返事しかなかった。きっと忙しいのだろうと思い南から早めに切り上げるつもりだったが、なぜかなかなか会話は途切れず、ゆるいやりとりを交わす延長で唐突に『カラオケ行かない？』と誘われた。

そこで察した。密室でなにかを発散したいとき以外、愛莉からそれを提案してくることはめったにない。すぐさまスケジュール帳を開き、四月五月の空けられる日付と時間帯を捻出できるかぎり提案した。

『なんなら今夜でもいいよ』

冗談めかして送ったところ、まんざら嘘でもなさそうに『そうしたいのはやまやまだけど』と返事があった。

案の定、ようやく予定が合った（というより愛莉の予定が空いた）ゴールデンウィーク明けの土曜、昼下がりの池袋で再会した彼女はあらゆる部分が薄くなっていた。伸びた髪は花粉症対策のためかゴムやピンでぴっちり留めていたし、鎖骨や手首に浮き出た血管は紙のような肌から青白く浮き上がっている。あーこりゃだいぶ疲れてるな、と思いながらもその場では深く訊かずに、ふたりで早々に歌広場の個室になだれこんだ。

「正直に意見してほしいんだけど」

けっきょく愛莉がそう切り出したのは、お互いにそろそろレパートリーも尽きてきたころ、フリータイムの終了予定時刻も迫ってきてようやくのことだった。

「んー、どうした？」

平静を装ってリモコンを置きながら、来た、と内心背筋を正した。

「今回の人事異動で、女性の上司が来たの」

「どんな」

「すっごいエリート。昇進試験に一発で受かった期待の星って、来る前から評判だった。おまけに卒業大学のミスコンで優勝経験あり」

「性格は？」

「『わたし、男っぽくてサバサバしてるから』って自分では」

「あー……地雷臭するなぁ、それ」

新人アーティストのインタビュー映像が流れるモニターを見ながらつぶやくと、愛莉は向かいのソファから身を乗り出してきた。

「そう思う？」

「自分の性格に自分で言及する人ってエクスキューズしてるよね。『よくボーっとしてるって言われる』は『ちょっとくらいやらかしても勘弁して』だし『人見知りなんです』は『あなたに心を開きたくありません』だもん」

「ああ、でも『人見知り』って自己申告する気持ちはわかる……わたしの話がつまんないのはあなたのせいじゃないんです、気にしないでください！　って言いたい」

「それは気遣いの範疇だけどね。でも『サバサバしてるから』はさあ……もう『から』のあとにロクな言葉が続く気がしない」

多分に偏見のこもった断定を、愛莉は否定しなかった。

いわく、異動から一週間ほど経ってから、上司の態度に違和感を覚えだした。あいさつをしても彼女にだけ返事をせず、必要があって呼びかけても「かわいいのもいいけど、仕事なんだからもっと大きな声を出したほうがいいね」と返される。パステルカラーのニットや花柄のスカートを着ていくと、帰りぎわに「佐伯さんデート？　一日気もそぞろだったもんね」と言われる（それまでふつうに働いていても、だ）。実家から送られてきた地元銘菓を配ると「まあ女らしい気遣い。わたしこういうとこダメなのよ、仕事は正攻法で勝負する主義だから」と笑われる（おみやげを配ることがどう「からめ手」なのか説明はない）。どれもこれも、在席中の全員に聞こえるような大音量で。

「なにそいつ、姑なの？　デスクの端を指でこすられて『あら埃が』とか言われた？」

「……いまのところはない。少なくとも、人目のある場所では」

男性職員が棚の上の荷物を愛莉の代わりに取ってくれた日、ロッカーで「いいわねえ、ちやほやされて」とすれちがいざまに耳打ちされるに至って、愛莉はようやく自分に向けられた悪意を認めた。そのころには呼びかたが「佐伯さん」から「愛莉ちゃん」になっていて、直接振られる仕事も激減していた。しかたないので来客対応や雑用を丹念にやっていると「愛莉ちゃんは我が課のお姫様だからみんなで大事にしないと」と肩を叩かれ、さすがに耐えかねてもっと業務を増やしてほしいと抗議しに行くと、まじまじと目を見ながら「これまでずっと、そういう態度で過ごしてきたの？」と言われたという。

「うらやましいわ、努力するより先に人に要求できるなんて。ずいぶんご家庭でかわいがられてきたのね」

すっかり冷めたホットジャスミン茶を吹き出しそうになった。仕事柄、どんな相手のどんな話にもある程度は平然と相槌を打てる南だが、さすがにそこで限界がきた。

「うっわあああ、えげつなああ……」

「なんで『ご家庭』が出るのかなあ、さすがにこれはおかしいよなあと思って、主任さんとかほかの上司とかにさりげなく相談してみたんだけど」

「『考えすぎじゃないの、あの人に限って』」

「うん」

「『呼びかた変えたのだって仲良くしたいからじゃない?』」

「うんうん」

「『なんでも悪いほうにとっちゃダメだよ』」

「うんうんうん」

「『そんなふうに考えること自体、佐伯さんに覚えがあるからじゃない?』」

「うんうんうんうん!」

酔っ払いに連打されるペコちゃん人形のごとき、頭がもげそうな首肯だった。

「ほんと典型的だなあ。女同士の問題にしたい感が見え見えっていうか」

「あーもう南愛してるー」

「そんなことで愛の安売りしなくてよろしい」

「だって、男の人はみんなそんな感じだし、同期の女の子も『その場で言い返してやればいいのに。佐伯さんいつもニコニコしてるからなめられるんだよ』って」

「変わんないなー、その、なぜか被害者に責任転嫁する風潮も……」

その意見が正しいとしても、指摘してなんになるのだろう。他人の災難を踏み台に、自分はそうはならないという確証と優越感を得たがっているようにしか聞こえない。どうせ「なぜその場で言い返せないのか」「なにを言い返せばいいのか」は言及されなかったのだろうと訊くと、案の定それにもうなずかれた。

愛莉が同性からやっかみを受けるのは、これがはじめてではなかった。学生時代にも、人の彼氏に色目を使っていると気の強い女の先輩にあてこすられて泣いたことがあったらしい。その仕打ちは男たちのあいだでも「嫉妬はこえーな」と酒の肴にされていて、なにを他人事みたいに言ってんだと思いながら南も否定はできなかった。

だが、それでも表だって悪口を言うことはなかった彼女が、こうしてわざわざ呼び出してまで訴えてくるのはよほどのことだ。そういう目には何度遭っても慣れないようだし、職場はサークルほど辞めるのが楽ではないらしい。

愛莉は白いスカートの裾をさばきながら、めずらしく行儀の悪い動作でソファに寝そべった。ストローとパイナップルの刺さったトロピカルシェイクはいつのまにか空になっていて、さりげなくメニューを確認するとそれはアルコールの欄に載っていた。

「みんな、そんなに理不尽に強いの？　なんにも思考停止せずに対応できるの？　昼間の出来事が夜ひとりになったとたん、ボディブローみたいに効いてくることとかないの？　その場で言わなかったらきれいに消化して骨も残さないの？　なにそれ、みんなどれだけ最新型なの？　この世は一億総天才社会なの？」

おうおう酔っとるなあとあきれながら、南はポットからジャスミン茶のおかわりを注いだ。最後の一滴が、四割ほど満たされたカップにぽつんと落ちる。

「そのままで、いいじゃない。たぶんむかしからやちやほやされて、いまだってじゅうぶんきれいで仕事もできるんだから、ふつうに生きてるだけで安泰じゃない。なーんでいまさらわたしなんかのこと、目の敵にするのかなあ……」

「とりあえず、その上司みんなに好かれてるんでしょ。そういう相手を自分だけが嫌いだとか、おかしいとか言うのはリスク高いよね」

「そうなんだよね。自分がおかしいんじゃないかって気分になる」

「うん。でも、わたしはおかしいとは思わないし、万が一愛莉だけがおかしいとしてもストレスはストレスなんだから排除する権利はあるじゃん？　だから、まわりがそう感じてくれるように仕向ければいいよ」

愛莉は両腕を突いて、むくりと上体だけを起こした。

「どういうこと、ちょっとくわしく」

「その相手、こっちがどういう態度に出たら嫌だと思う？」

「うーん……さらに上に訴える、とか」

「あー、そうね。でも戦略は練っとこ。いままでどおりじゃ、よっぽど話のわかる相手でないかぎりおなじ反応されるのがオチだもん」

ソファに乗せていた足を下ろし、愛莉は南に向き直った。

「だいたいの人間はイノセンスに弱いから。『被害者だと自覚して利権を訴えるしっかり者』より『かわいそうな弱者』路線のほうが効くと思う。そのほうが『自分が責められてる感』も薄いから聞くほうも肩入れしやすい」

「……うん」

「『こんなひどい扱いを受けて限界だからなんとかして』だとおなじ土俵に立っちゃうし、そしたら当事者同士の問題にされちゃうからダメだね。あくまでも『このようなご指摘をいただいて、わたしなりにがんばっているつもりですがこのような現状で、どこがいけないんでしょうか……』くらいのテンションで」

「また『その場で言い返せ』とか『考えすぎ』とか言われたらどうしよう」

「そこはある程度アサーティブにいこう」

以前取材したキャリアアドバイザーの言葉をそのまま引用して、南は指を立てた。

「『聞き入れていただけないことが続いて、怖くて意見もできなくなってしまって』とか『たしかに考えすぎかもしれませんが家族のことを持ち出されたのがつらくて……』とか言いようでなんとかなるよ。どこがいけない、の『どこ』を返されても同情票に持っていけるように準備しておくの。この際、多少は話を盛ることもしかたないよ。体重がこんなに減ったとか夜も眠れないとか。バレない程度なら嘘も方便」

「……それって思うツボじゃない？　職場でわたしが『か弱くてなにもできない女の子』扱いされるように仕向けたいみたいだもの」

「いや逆。自分と相いれないからそこに落とし込まれようとしてるわけでさ。その相手が『お姫様』のまま周囲を味方にしだしたら、こんな恐ろしいことないよ」

「でも、わざわざ演技するのもなんだか」

「パワハラとセクハラのドッキングでしょ、それ。相手がそういう態度で来てるんだからこっちだけフェアにやる必要ないって。そこまでやってダメだったら外部を巻き込んで、徹底的に潰しにいこう。身内の世界から一歩出ればミスコンとか出世頭とか関係ないし。だけど、それはそのときに考えればいいかな」

愛莉はあくびのついでに魂まで抜けたような、呆けた表情で南を見つめた。

「……南、裏で復讐代行とかやってる？」

「んなわけあるか。仕事でたまにあるの、そういう特集」

職場の同僚や彼氏の母親、学生時代の先輩といった、そりのあわない年上女性への対処法は企画として定期的に需要がある。南も何度か携わったが、タイプ別に相手を動物にたとえたり、読者から募集した体験談に戦慄したりしながら、あの世代の人たちはなんでこう、臆面もなくよくある話を繰り返せるんだろうとあきれた記憶がある。自分たちだって、むかしは若い女だったんだろうに。

「それにしても、どーりで愛莉、様子が変だと思った」

「え、そうなんだ。見た目？」

「それもあるけど」

あとを続けようとして、飲み込んだ。

ひとまず日頃の憂さを忘れてカラオケに興じているあいだも、愛莉は様子が変だった。もっと具体的に言えば、選曲が。この年齢にもなると十代二十代のときのように、人と異なるセレクトで個性を出そうという尖った野心も失せてくる。必然的に同世代でカラオケに行くと懐メロまみれになるから、きょうもべつに目新しい歌があったわけではない。南はふだんどおり、キーが高めの男性アーティストを中心にロック系の女性歌手を織りまぜ、ハイトーンを出すのが好きな愛莉は高音の女性アーティストばかり選んだ。

でも、音域が合うという矢井田瞳はいつもの「my sweet darling」ではなく「一人ジェンガ」だったし、十年来のファンであるYUKIは「joy」や「歓びの種」を入れずに「ふがいないや」、あとはJUDY AND MARY時代の曲ばかりだった。ジュディマリの流れで「そばかす」からアニソン縛りになったときも、南はいつもどおり「ヒトリノ夜」や「微笑みの爆弾」を歌ったが、愛莉が選んだのは十八番の「マイフレンド」ではなく「願い事ひとつだけ」だった。いちばん意外だったのは、学生時代から好きだと公言していた坂本真綾を入れなかったことだ。てっきり、アニメにもハマって繰り返し歌っていた「トライアングラー」あたりがくると思ったのに。

だがそんなふうに列挙されれば、相手がどう思うかは想像がつく。

……我ながらさすがに気持ち悪くない？

歌う曲がふだんと変わったからなにかあったはずだなんて、推理マンガならナンセンスすぎてバッシングされてしまう。そもそもなぜそんなことを気にするのかと訊かれたら「気づいてしまった」としか答えようがないし、それは間違いなく最悪手だ。

「まあ、なんていうか。直感ってやつかな」

「へえー」

すごいねー、と無邪気につぶやく顔に、なつかしい面影が重なった。

――ケイちゃんはすごいね。わたしなんかとちがって強いなあ。

カップにわだかまったジャスミン茶をひと息に飲み干して、せりあがってきた苦いものを、ぬるく残った花の香りと一緒に押し戻す。

「……でも、こんなのあくまで他人の意見だからさ。あくまでも参考程度に、ね」

「うん、わかった。ありがとう」

やっぱり、南に相談してよかったわ。愛莉はなかばうわのそらでつぶやき、空になった南のカップを見て「なにか飲む？」とドリンクメニューを差し出した。

慣れない路線の電車に乗るときは、なぜかいつまでも落ち着かない。

どの時間帯にどれくらい混んでいるかもわからないし、発着駅を告げるアナウンスに気を張っているのでうたた寝もできない。他社の女性誌の中吊り広告を眺めながら、南はさっきからドア付近にもたれて浮足立った気持ちを持て余していた。混雑した電車内でなければ、うろうろとそこらじゅう歩き回っていたかもしれない。

疲れもあったのだろう、愛莉はめずらしくアルコールのまわりが早く、フリータイムの終わりにはひとりで立てないほど酔っていた。運悪くそこに持病の頭痛も重なり、南は遠慮する彼女を強引にタクシーで送った。愛莉は千代田線沿いにある単身者用のマンションにひとり暮らしをしている。エントランスのオートロックは南のマンションのそれとおなじ型で、お互いに鍵なしで解除できる暗証番号まで知っていた。愛莉のマンションは〇八二八で「オヤツハ」、南のほうは五〇五〇で「コレクレ」。

「わたしも南も、意地汚いっていうか色気ないね」

「夜這いされてもそこで冷められちゃうだろうなあ……べつにあてはないけど」

肩を貸しながら久々に足を踏み入れた部屋は、相変わらず南から見ればごちゃごちゃとものにあふれていた。ペンション風の玄関マット、玄関脇に飾られたカレンダーとアクセサリー立てとフォトフレーム。中に入ると香水や化粧品をおしゃれに並べた猫足タンス、フランスの小説や詩集を前面に出した本棚、マリメッコのカーテン。ただ、よく見るとイヴサンローランの香水瓶の脇にはスタープラチナのフィギュアがあったり、テレビ台の下に落語のＣＤがびっしり入っていたり、仏文科出身らしい『ボヴァリー夫人』や『感情教育』の陰から『ギャグマンガ日和』が覗いていたりもする。

ベッドに愛莉を座らせ、途中のコンビニで買った水と頭痛薬を渡し、トイレを借りて戻るともう彼女は横になって目を閉じていた。エアコンのない部屋は空気がこもっていて、苦しげな呼吸や眉根を寄せた表情、汗ばんだ首筋はややもすると色っぽく見えた。

「窓開けるよー」

呼びかけると、んー、とほとんど意識のない返事があった。

カーテン自体は閉めたままにして、内側に入りこんで窓を開けた。黒一色の光景の中、ベランダ越しに目立って見えるのは巨大な拘置所で、この立地のせいで家賃が格安らしい。なにもおもしろくはない光景をそのままなんとなく眺めていると、ふいに五月にしては強めの風が吹き込んできた。

その拍子に上のほうから、なにか鮮やかなものが降ってきた。

「……あ」

飛行機に乗ったときには必ず、酸素マスクが天井から落ちてくる機内安全ビデオを見せられる。それは、ちょうどそんなふうに目の前に落ちてきた。黄、緑、赤、白、青。正方形の布。それぞれにお経らしき文字や、建物らしいマークが印刷してある。

急に宙づりになってきたのは、風が吹いたはずみに片側が外れたからだったらしい。カーテンがあって、もう一枚レースカーテンがあって、さらにその向こう側。わざわざ飾る必要もないのでは、というような場所に、それはひっそりと吊るされていた。まるで隠すように。

しばらく黙考したあと、それを直さずに放置したまま部屋に戻った。そして愛莉が半ば眠っているのをいいことに、そのまま逃げるように帰ってきた。

南はあの旗らしき物体を、テレビの紀行番組で見たことがあった。

風に揺れると一度お経を読んだのとおなじ意味を持ち、現地では縁起ものらしい。それだけの情報にもかかわらず、スマホで調べたらすぐ詳細が判明した。正式名称をタルチョという、チベットの祈禱《きとう》旗。記憶にあったとおりだった。

ああー、と声に出して嘆息したら、周りの乗客にちらちらと横目で見られた。

ちょうど駅に着いたので、視線を避けてそそくさと降りる。最寄りまで続く慣れた路線に乗り換えても、きょうに限っては落ち着かない気分は解消されなかった。

チベット。年末に会ったとき、黒田先輩が旅行先として挙げた国だ。

休みをとってわざわざ出向く人が、そう大勢いる場所だろうか。

だが、それを面と向かって追及していいものか。

愛莉は見た目がふわふわしているし、よくも悪くも正直な南とはちがって、なかなか負の感情を表に出したがらない。だから妙な男につけ入られたり、厄介な上司に目をつけられたりしやすい。友人としては知らないうちに理不尽な目に遭っていないか、なにか我慢してはいないかと、無意識に些末な差に敏感になってしまう。それだけだ。

そう。それだけだよ。

だれにともなく言い聞かせても、うっすら乱れた鼓動がなかなかもとに戻らなかった。

最寄り駅から夜道を歩きだしても、地に足がついている気がしない。ぶつかりどころのない疑問とそれをぶつけたときの愛莉のリアクションを想定しているうちに、久しく忘れていたむかしの会話が、対岸の霧が晴れるようによみがえる。

——あれ、まえミッシェルなんて歌ってたっけ？

——宇多田は興味ないって言ってなかった？　恋愛系の歌詞ばっかだからって。

——ねえ、わたしこの曲知らないかも。だれに教えてもらったの？

いまの状況とのあまりの類似に、とっさに足を止めそうになった。

ただその遠い記憶の中で、南は訊かれる側の人間だった。しかも、訊かれたところで後ろめたいことはなにもなかった。クラスの男子が話題に出していたから THEE MICHELLE GUN

ELEPHANTやスガシカオの存在を知ったし、深夜まで男の連絡を待つ歌詞に共感できなくても宇多田ヒカルは格好いいと感じた。それこそほかの友達とのカラオケ、テレビ、インターネット、コンビニやツタヤのBGM。歌いたい曲を知る機会などいくらでもある。ぜんぶ説明できるのに、いざ訊ねられたらどうしてああも苦しいんだろう。

——せっちゃん、なんでそんなこと気にするの？

そう、自分だってそれこそ「ドン引き」しながら訊きはしなかったか。

——ごめんね。わたしとちがって、ケイちゃんは人気者だもんね。

「きーみはだれとキスをすーるぅー、わーたし、そーれーとーも、あーのー子……」

周りにだれもいないのをいいことに、夜道を歩きながら口ずさんだ。気が向くと南も参加させてもらう「トライアングラー」は、歌われなかったからこそ逆に、ずっと脳内で流れつづけていた。

「あいするーよりもとーめるーよーりー、うたがうーほうがずーうーっとー、たやすいーじぶんがーくやしいー……」

一歩一歩アスファルトを踏みしめる。春の夜は空気が重たく濃くて、糖度の高いゼリーの中を進んでいるような心地がした。目の前に続く住宅街、明かりが少ない路地にふっと、愛莉の部屋から見えた拘置所の光景が重なる。いまにも五色の旗が降ってきそうな気がして、気は急くのになかなか進まない。

体の変化がひとまず落ち着いたのはいつ頃だったか。中一で初潮がきて、前後して身長の伸びが止まり、体重は最初の就職で五キロ落ちて以来、とくに目立った変動がない。それなのにいつのまにか、壁一面の鏡に映る自分の姿は中学生にも高校生にも見えなくなっている。化粧のせいばかりとも思えない。これが女性がみんな、そして自分が、死ぬ気で抗っている加齢というものだろうか。

だがけっきょくのところ、いつかはよきところで妥協するしかないのだ。化粧品売り場のBAやテレビの言うことをいちいち真に受けていたら身が持たない。自分も発信側に回って売り手の事情も多少は理解できるようになって以来、そこそこで満足しないと財布もメンタルも追いつかないとますます実感するようになった。

「はい。そのまま、立っているときは足の裏を意識しつづけてくださいねー。親指の下、薬指の下、かかと、の三点に均等に力をかけて。そう、ヒザは突っ張らないで力を抜いて……あ、うんうん。飲み込みが早い」

足元に屈んでいた先生が、うしろに立ってそっと腕を回してきた。おお、あすなろ抱きだ、とやや古い感慨を覚える南を後目に、鎖骨のあたりをなぞって胸を開かれる。

「すごくセンスがありますね。姿勢がいいってよく言われません?」

「あーはい、まあ、たまに」

「初回からこんなにきれいに立てる人、めずらしいですよ。なにかやってました？」

「いや、とくになにも。スポーツも自転車くらいしか」

「あれ、南ちゃん、運動苦手だって言ってたじゃない」

そう口をはさんだのは、横で仰向けになってポーズをとっていた椎名さんだった。

「いや、ほんとに苦手ですよ。自転車も本格的な競技向けじゃなくて、ポタリングみたいな軽めのやつでしたから。足も速くないし、とくに球技なんかぜんぜんダメで」

「あら、なんだか言い訳がましくない？　なにか隠してるでしょ」

「そんなことないですよ」

「そうかしら。南ちゃん、むかしっから抜け駆けグセあるからなあ」

——なんですと？

「えー、そんなことないですって」

おなじ返事で軽めにいなしながら、ひそかに鏡の中の自分と顔を見合わせた。

連載の次回のテーマが、肩凝りや腰痛にまつわる雑談から「そういえばまだやってないですよね」という流れで「ヨガまたはピラティス」に決まり、椎名さんがインスタグラムに書いていた内容をふと思い出して連絡をとったところ、快く「それならわたしが通っている個人レッスンにいらっしゃいよ」と了承をもらった。たしかに公団住宅の一室に自宅兼スタジオを設け、年齢不詳の女性がひとりでリーズナブルにやっているその教室を自力で見つけるのは難しかっただろう。そこまでは、よかったのだ。

南が兼業でライターを始めたばかりのころ、編集者の紹介で知り合っていろいろ教えてくれた先輩が椎名さんだった。たしか十歳年上で、出会った当初すでに「アラフォーよ」と自嘲まじりに話していたが、たぶん自分がそう見えないのをわかったうえで言っていたのだろう。彼女は出産を機に仕事をセーブしていたので、もっぱら最近の近況はインスタグラムやフェイスブックにアップされる幸せそうな写真で確認するだけになっていた。直接会うのは久しぶりだから、いろいろ話ができると思って楽しみにしていたのに。

「大手の教室やジムなんかだと受講者のレベルがまちまちで困るのよ、ヨガとごっちゃにしてるような人も平気で交じってるから」

開口一番にっこりしながらそう言われたときは、うわー、と内心悲鳴を上げるくらいで済んでいた。だがさすがに「抜け駆けグセ」は穏やかではない。

「だってほら、わたしが紹介してあげた山本さんの読書会とか、高島さんのお勉強会とかにも最近は顔出してないんでしょ？　ひとりでとんとん忙しくなっちゃって。みんな言ってたわよ、若い子は身が軽いわねって」

「あー……すみません。ちょっと、タイミングが合わなくなって」

「また言い訳しちゃってぇ」

さすがにそれ以上、話題をつなぐ気力は湧かなかった。だいたい、必要以上に追及されなければこちらとしても言い訳することはないのだ。

ライターを始めたきっかけが読書本の出版だったので、たしかに当初は、そういう場所になるべく顔を出していた。だが、どこにでも知識自慢をしたいだけの輩はいて、ほかの参加者の持ち時間を食ってまでえんえんとしゃべるのですぐ辟易した。若かった南はとくにターゲットにされがちで、本さえ読んでりゃ人の話聞かなくてもえらいのか、ひとりでやってろ、と腹を立ててある時期からまったく行かなくなった。

つばが飛びそうな距離で四時間『フィネガンズ・ウェイク』について個人指導をされたことも、中上健次を読んだことがないと伝えたら鼻で笑われ発言を無視されたこともある。紹介者の顔に泥を塗らないよう、なるべく穏便に対処したつもりだった。その張本人からそんなふうに聞かされると、さすがにちょっとくらいは傷つく。

「京子先生、こっちも見てちょうだい」

「はーい」

明るく返事をして、先生は両腕を南の胸元から抜いた。

最初にもらった名刺には、河崎京子と書いてあった。そんなによくある苗字でもないと思うのだが、椎名さんはなぜか彼女を下の名前で呼ぶ。

髪をオールバック状にまとめ、全身タイツに近いぴったりした服を着たその姿はたしかに、造形がむき出しになる格好に恥じないほどスタイルがいい。体格そのものは南とそう変わらないはずだが、ひとまわりくらい縦に長く横には細く見える。化粧けはほとんどないが、きらきらした目と眉間のほくろのせいか、どことなく後光が差すような雰囲気があった。

自分はどうも習い事運はいいらしい。今回もどうやら先生は当たりだ。先生は。

「南さん、椎名さんの後輩なんですよね？」

「そうです、いろいろお世話になりまして」

「この子ブロガー出身で、ちゃんと勉強したわけじゃないからねえ。最初はなにからなにまで教えてあげないといけなくて苦労したのよ」

さっきから椎名さんはずっと京子先生に自分の背骨や足首の形を直させていて、南は鏡の前でひたすら棒立ちしている。先生はちらちらと南のほうに目線を送ってくるが、なかなか解放してもらえないらしい。

「南さん、ブログをやってたの？」

「あー、そうです。友達と一緒に趣味で書いてたのが、たまたま編集者さんの目に留まって。それをきっかけに仕事をいただくようになったんです。まあ、棚ボタですよね」

「すごいじゃない！　シンデレラストーリーね」

先まわりで自虐してみたが、京子先生は椎名さんの体を押さえながらもはっきりと身を乗り出した。鼻から吸い、口から出す。胸に空気を入れるイメージで。教えてもらったばかりの胸式呼吸で話しながら、なにげなく口にした「友達」という言葉に一瞬だけ、その流れが滞ったのを自分で感じた。

「でも、そのお友達は一緒にデビューしなかったのよね」

そう言った椎名さんは持参したマットに仰向けになっていて、鏡に顔は映らなかった。

「あー……その子は、そのころにはあんまり連絡とれなくなってて。打ち合わせで何回も東京に出たりするのが、ちょっと家庭の事情で無理だったらしいんですよ。高校を出たらすぐ、地元で就職しないといけなかったみたいだし」

「ふつうよ、そんなの。ほんとに南さんはラッキーよねえ、まわりにも時期にも恵まれて。あんな企画、三十近くになったいま出してもどこも相手にしないわよ」

「運も実力のうちって言いますもの」

京子先生がやんわりとフォローしても、椎名さんはおざなりに相槌を打つだけだった。

やれやれ、なーんかめんどくさいことになったなあと頭を抱えたくなる。もともと彼女は物事の裏を読む性格で、ひとこと多い傾向も、以前から多少はあった。だが、ここまで敵意を向けられるいわれはない。更年期じゃなかろうかと意地悪く考えてから、自分にそれが来るかもしれないときも、さほど遠いわけじゃないと気づく。

しかしまあ、それにしても。

「いまはいいかもしれないけど、若い女の子っていうのが売りの仕事なんてどんどん新しい子に流れていくんだからね。代わりはいくらでもいるんだから、いまからちゃんと身の振りかたを考えとかないとダメよ」

「いやー……」

そんなに若くもないですよ、もう三十ですもん。そう答えそうになって、あやういところで飲みこんだ。なんだか誘導尋問めいているな、と警戒が先に立つと返答も慎重になり、結果、言いくるめられるような形になる。

「まあ、そうですねえ」

「まだ結婚はしてないんでしょう?」

「はあ。しばらくはいいかなと」

「ほらー、だからいつまでも若い気でいられるのよ。いいわね、自分のためだけに時間もお金も使えて」

「あら椎名さんってば、素敵なご家族がいるのに贅沢言って」

よっしゃ先生ナイスアシスト、と南はこぶしを握ったが、椎名さんは「うらやましいわよ、いまの子は気楽で」とこれ見よがしに言ってのけるばかりだった。

独身の若い女を目の敵にする、いわゆるお局と接したのははじめてではない。

銀行員時代にも、まさに新人つぶしと恐れられていた庶務担当の中年女性がいた。最初は親切ぶって弱そうな相手に近づき、じょじょに追い詰め、限界まで追い込むと「いまどきの子は甘い」とうそぶくどこにでもいるタイプだ。南は直属の間柄ではなかったがそれでもなにかと浴びせられる皮肉には辟易していたので、とっとと辞めてしまえと同期と一緒に祈りをささげていた。だが願いもむなしく南が辞めるまで彼女は居座っていたし、退職を伝えた南を休憩室に呼び出し、慰留という名の説教をえんえんと食らわせさえした。

相手のほうも生意気な南をよく思っていなかったはずなのに、なぜわざわざそんなことをするのか理解不能だった。その地獄の数時間をどう乗り切ったかは覚えていないが、覚えていても不快なだけだろうから非常にいいことだ。酒で記憶は飛ばさないが都合の悪いことはしらふで忘れられる、自分の脳を自分で褒めてやりたい。

それでも最後にかけられたひとことだけは、いまだにこびりついて離れない。

『まあ、いまのあなたは、なにを言ってもわからないでしょうけどね。いずれ理解できますよ。どんなに自分の頭が固くて、我慢弱い子供だったか』

意志を曲げない南に彼女はそう言って、芝居がかった仕草でこめかみに手を当てた。

たしかにわたしは頭の固いガキだけど、と、そのとき、強く思った。

勝手にひとの未来を先取りしてドヤ顔してみせるのが大人なら、一生ガキで結構。相手の未熟を嘆くより、説得力のある言いかたができない、そういう生きざまも示せていない、自分に問題があるんじゃないかって省みたらどうなんです？

他人を上から踏みつけて「あなたにもいずれわかる」なんて平気で言える人間の気持ちなんか、百年経ってもわかりたくない。

「京子先生、わたしねえ、最近整体の先生にも褒められるんですよ。若返ったって」

棒立ちで放置されたまま、南は胸式呼吸に紛れさせて深々と息を吐いた。

悪い人じゃなかったんだけどな。ちょっと愚痴や悪口は多いけど、おいしいお店教えてくれたり、仕事先を紹介してくれたりしたのはほんとにわたしのためを思ってのことだろうし。はやいとこ結婚して子供作って親孝行してってやたら勧めてくるのも、本人がそれで満たされてるってことだから悪いことじゃない……と、これまでは思えた。でもさすがに。ずっとこんな調子じゃやしんどいし、お世話になったぶんを差し引いたとしても、なんだかなーって感じだわ。

椎名さんとも、ここらが潮時かなあ。

そう決めたとたん走馬灯のように、椎名さんのSNSにアップされていたソフトフォーカス写真の数々が脳内で自動再生された。手作りのミートソースを使ったラザニア、ル・クルーゼの鍋で焼いたくるみパン、子供のうしろ頭が写り込んだ自宅の庭、左手薬指の銀色がアクセントを添える新作のジェルネイル、とても専業ライターの収入では買えない五桁越えの美容液と、その効用を示す風呂上がりの自撮り（目元から上のみ）。

『なーんでいまさらわたしなんかのこと、目の敵にするのかなあ……』

カラオケボックスでそう嘆いた、愛莉のうなだれた姿を思い浮かべた。

ほーんとだよねー。声には出さず、うなずいてみる。あの日のアドバイスは、ちょっとくらい彼女の役に立っただろうか。じゅうぶん親身に対応したつもりだが、もし相談を受けたのが今日よりあとなら、もっと容赦のない方法を考えついていたかもしれない。

「……南さん、ちょっと休憩しますか？」

京子先生が遠慮がちに立ち上がり、そっと南の背中に手を当てた。


愛莉からの不在着信がスマートフォンに残っていたのは、それから数日経った金曜日の夜のことだった。風呂上がりに確認し、濡れた髪にタオルを巻いたままかけ直すと、ほとんど呼出音が鳴っていないうちに応答があった。

『ごめん南、折り返してもらっちゃって。かけ直すよ』

「べつにいいって。それよか、元気になった？」

『ありがとう、あの日は。タクシー代、こんど払うね。薬と水代も』

「いいよそんなの。もうレシートも捨てちゃったし。困ったときはお互いさま」

『でも、そういうのはちゃんとしとかないと』

そういうのはちゃんとしとかないと。お金の貸し借りをはじめとする約束事が学生のノリでなあなあになりそうになったとき、それが口癖だったのはほかならぬ南自身だ。

パソコンデスクの前に座り、二番目の引き出しを音が出ないように開ける。年度末の憂鬱な確定申告に備えて、財布から抜き出した当月分の領収書やレシートはそのまま決まったクリアファイルに放り込んである。当然、愛莉を家まで送っていったタクシーの領収書も、頭痛薬と水を買ったドラッグストアのレシートもそこに入っていた。後者に至っては銘柄までわかる。イブクイックとクリスタルゲイザー。

『遅くなってごめん。もっと早く連絡しなきゃと思ったんだけど、バタバタで』

「どうしたの？　なんかきょう水臭いじゃん」

『え、そうかな。いつもどおりだけど』

そう返されると、たしかにそうかもしれないという気がしてくる。ということは、自分はいつもこんなふうに遠慮されていたのか。させていた、というべきか。

「ま、いいや。なにバタバタって、例の上司にこき使われてたの？」

『ああ……うん。まあ、それは、聞いてもらって楽になったかな』

「よかった。職場のだれかに相談してみた？」

『あのね、報告したいことがあるの』

おっとりとした彼女にはめずらしく、つんのめるような性急さだった。

なんとなくベッドのほうに移動しつつ、頭のタオルをほどく。風呂上がりの髪をタオルに包み、ターバンのようにまとめる方法は、たしか一緒に旅行した温泉宿で愛莉から教わった。まだ南が銀行を辞めていなくて経済的に余裕があったころは、休みを合わせて特急や新幹線、飛行機に乗ることだってめずらしくなかった。

「おお。なにー、改まって」

『ぷろぽーずされた』

ボーカロイドみたいに均一な発音と音階で、あまりに平板な口調だったので、プロポーズされた、と変換するまでにちょっと時間がかかった。

「だれに?」

『くろだせんぱい』

これもまた、無機質な言いかただった。

とっさにベッドに座ったまま振り向く。部屋の隅にぴったり寄せたベッドは窓に密着しているが、ここで見上げてもそっけない白のカーテンがあるだけだ。それなのに一瞬、目障りな原色が視界の上方でひらついた気がした。

「……へーえ。酔ってたかなんか?」

『それもあるけど、付き合ってるから』

変な言い回しだな、と思いながら訊いた。

「いつから?」

『去年の秋くらい』

本当にショックを受けたのは、たぶんその瞬間だった。

パソコンデスクの上に置いたカレンダーを見るまでもなく、もうとっくに半年以上経っている。そのあいだに何度か、それぞれと個別に会っていた。

『ごめん。南、そのころ大変そうだったから。落ち着いてから自分で言いたくて、先輩にも口止めしてて』

「べつにその時期、そんなに仕事がきつくもなかったけど……」

そこまで言ってからやっと、そのころちょうど元彼と別れたことを思い出した。ずっと気にされていたらしいことを、のんきに「思い出した」。こみあげてきたのは罪悪感でも羞恥心でもなく、劣等感だった。

「ああ、うん。いいんじゃない？　あの人なんだかんだ言ってちゃんとしてるし。おめでとう。でも、先輩が四国に行っちゃったから遠距離じゃん。ちょっと大変かもね」

頭からタオルをかぶってごしごしとこする。湿ったタオルで濡れた髪を拭いても、どちらもいっこうに乾かない。南が無駄なことをしながらどうでもいいことをしゃべりつづけるのを、愛莉はただ、黙って聞いている。

彼女も部屋にいるらしく、受話器の向こうで音楽が鳴っていた。Perfumeらしいテクノ調の女性ボーカルが終わって、次に流れ出したのは聞き覚えのない男性アーティストの声だった。プレイヤーをランダムにしているのだろう。

その曲わたし知らないんだけど、先輩に紹介してもらったの？

そんなふうに訊けたら、ちょっとはマシな気分になるかもしれない。

『例のこと話したら、そんなにつらいなら結婚してこっち来るか、って言われたの』

「へえ。男気見せたね、あの人も」

『でも断った』

「え、なんで？　いいじゃん、交際半年くらいで結婚とかめずらしくないでしょ」

『もともとあっちも酔ってたし、わたしだって、そんな理由じゃ抵抗あるし』

「だってその上司のほうが、パワハラ振りかざしてきてるんだからさあ。愛莉だけ筋通す必要ないってば。甘えちゃえばいいんだよ」

『そんなつまんないことで辞められないよ、南がこっちでがんばってるのに』

頭に乗せていたタオルが、手を放した拍子に爪先に落ちた。

『たしかに、とくに今回みたいなことがあると、なんのために必死でやってるかわからなくなることもあるけど。でも、けっきょくわたしは組織に守られてるんだもん。こんなことで投げ出したら、友達として恥ずかしいなって思ったから』

心臓が、障子をこぶしで突き抜けるみたいに破られた気がした。

「わたしの――」

わたしのせいにしないでよ。

飛び出しかけた言葉をどうにか、ぎりぎりで喉の奥に押し込めた。

「……わたしのことなんかどうでもいいじゃん。べつに愛莉が思うほど大変じゃないよ。好きな仕事してるだけだもん。毎日決まった時間に起きて満員電車で通勤して、イヤな相手にも頭下げなきゃいけないほうがよっぽど大変だってば」

わざと軽薄なほど明るい口調で続けながら、スマホを持っていない左手で、空いている左耳を強く押さえた。そうしないとそこから、飲み込んだ言葉や押し込めた熱が噴きこぼれてきてしまいそうだった。

「わたしなんて、自分で自分の面倒見てればいいだけの気楽な身分なんだからさー。ここまで来られたのもまわりに恵まれたおかげで、半分以上実力じゃなくて運だし。このご時世に好きなことやらせてもらってるんだから、文句言ったらバチが当たるよ」

無理に笑いを含ませた声でひとつ言葉を吐くたびに、日中に浴びた椎名さんの言葉が、繁殖力の強い毒キノコみたいに頭の中で増殖した。自分の言っていることが本音なのか嘘なのか、どんどんわからなくなっていく。

「そんなこと気にしちゃダメだよ。わたしのことなんか、どうでもいいじゃん」

わたしのことなんて。わたしの苦労なんか。わたしなんか。どうでもいいから。気にしないで。こんな言葉はむかし死ぬほど浴びた気がする。そのたびにいらついていたはずなのに、いざとなればこんなことしか言えない。まるで手旗信号みたいだなあ、と、かろうじて残っていた脳ののんきな部分で考えた。赤上げて、白下げて。どっちかを上げたら、どっちかを下げて。相手を肯定するために、自分のことを否定して。けっきょくどっちも疲れてきて、最後にはギブアップする。

「自分のことを最優先に考えなよ。ね?」

口角を上げて、笑って聞こえる声で念を押す。しばらくの静寂のあと、聞き漏らしそうな声で『……うん』と返事があった。

「まーまー、とにかく、めでたいことなんだからさ、そんな考えすぎないほうがいいよ。とりあえずはムカつく職場からの逃げ道確保、くらいのつもりでいなよ」

『うん』

こんどの返事はさっきより間が短く、明るかった。

それを聞いてやっと、自分が言うまでもないことを言ったことに気づく。わたしの当事者ぶった「アドバイス」なんかより、先輩の「結婚するか」のほうがよっぽど愛莉を楽にしたんだ。たとえ酔った勢いでも、当人に、まだその覚悟がないとしても。

「『女の賞味期限』発言はもう時効なの?」

それを口に出したのは、皆って皮肉のつもりではなかった。

今度こそ、受話器の向こうで長い沈黙が下りた。流れている音楽がはっきり聞き取れるほど。かすかに聞こえる伸びやかな歌声は、愛莉の好きな坂本真綾のそれだった。少女向けアニメのオープニングテーマだった、わりと有名な曲だ。ああ、やっぱり飽きたわけじゃなかったんだとなんとなく安堵しながら考えたとき、さっきよりずっとかすかな、雨粒が鼻にあたるような声で答えがあった。

『わからない』

久しぶりに、心から自分を呪った。

どうやって電話を切ったかは覚えていない。気がついたら濡れっぱなしの髪もそのままにして、掛け布団の上に直接横たわっていた。寝返りを打って目を閉じるとまた、坂本真綾の曲が脳裏をよぎる。さっき電話口で聞こえたものではなく、一緒にカラオケに行ったあの日、愛莉が選ばなかった曲の歌い出しが。

「きみはだれとキスをする　わたし　それともあの子」

さんざんいい人ぶっておいていまさら、もしかしてとんでもない仕打ちを受けたんじゃないかという気がしてきた。

どす黒いものが胸の奥でごぼごぼと音を立てる。問題はそれを愛莉と先輩、どっちにぶつければいいかわからないことだ。いますぐ先輩に電話しようかとも考えたが、すぐにその案をスマホともどもベッドの外に蹴り飛ばす。もしかしたらいま、まさに愛莉が電話しているかもしれないし、そこに自分の着信履歴が残るなんて最低だった。必要以上に動揺していると悟られたら困る。もっと困るのは、この衝撃を嫉妬だと誤解されることだ。それだけはちがうと断言はできるが、説明ができる気はまるでしなかった。

医者の不養生というほどではない。不動産営業マンが賃貸マンション在住とか、結婚紹介所の職員が独身とか、それくらいの距離感だろうか。おそるおそるパソコンチェアに座り、痛みの残る腰をさすりながら名刺に載っていた番号をコールした。

　呼出音を聞きながら、手持ち無沙汰にパソコンデスクを眺める。ただでさえあまりきれいではないが、書類が散乱した上にさっき届いた荷物を直接置いたからますます混迷を極めている。ネット書店だとついあれこれと買いすぎてしまい、届いてから予想外の重量に驚くのはよくあることだ。ずっしりとした段ボール箱の下から、今月の見本誌の端が覗いていた。開いているのはちょうど、付箋が貼られた南の担当ページだった。

『仕事に家事、毎日がんばる女性にとって、肩こりや腰痛は勲章のようなもの。とはいえ辛いのはなんとかしたいですよね？　そんなあなたの強い味方がピラティスです！』

　ブッキングされた取材先は、女性向けのカリキュラムを売りにしている一等地のスポーツクラブだった。掲載誌との提携の関係もあったらしい。椎名さんのことやその他もろもろの後味を払拭するつもりで行ったが、よくないことは重なるものだ。

　平日の夜に開催されたクラスの参加者は、ほぼ全員が女性だった。エアコン完備、空気清浄機と加湿器が何台も置かれ、指紋ひとつない鏡に囲まれたレッスン室に入ったとき、南はむかし通った女子高の教室を思い出した。人数も四十人ほどだったと思う。南と同世代からちょうど椎名さんくらいまでの女性たちが、年齢、容姿、身に着けたものの値段、通っている期間といった、あらゆるカテゴリーで小規模な集団を作っていることがひと目でわかった。鏡とおなじくらいぴかぴかの床にはすでに色とりどりのヨガマットが敷かれていたが、ランクが上のグループから順に良席を陣取っているのはあきらかだった。

ノーブランドのウェアを着て、デジカメを提げノート持参で入室した南は最初から、水に落とされた油みたいに浮いていた。それだけなら、べつに気にしない。トレーナーと呼ばれる講師は眉の濃い宝塚風の女性で、生徒たちから華やいだ声で話しかけられていたほどの美形だったが、彼女が最前列の中央に場所を空けるように指示し、そこに南が呼ばれた瞬間からその場の雰囲気は一変した。トレーナーは記事にされるとあってか傍目にもわかるほど南を気遣ってレッスンを進め、四十分のあいだたびたび背後に視線を感じて生きた心地がしなかった。どうにか乗り切ったと思ったら、帰りぎわのだれかから背中にヨガマットをぶつけられた。疑いたくはないが、ちょっとつんのめるほどの勢いのよさだった。

「ピラティスはもともと、戦傷者のリハビリテーションのために考案されたメソッドなんです。ヨガのようにスピリチュアルな要素はないですが、身体と精神のバランスを整え、安定させるために、理学的に考え抜かれた療法です」

レッスンのあと、受付脇の休憩室でおこなったインタビューで、トレーナーはニュース原稿を読む女子アナのようにはきはきとそう言った。もっともらしく相槌を返しながら、はあ、理学的に心身のバランスを安定させた人が集まった結果があれか、と考えるとそれだけで胃が重くなった。寝ているあいだに石を飲まされた、昔話のオオカミの気分だった。

そんなこんなでなかなか筆が乗らなかったが、ともあれ、今月もなんとか間に合わせることができた。天変地異から芸能人の不倫まで陰謀のせいにするオカルト本の書評、ウェブサイトを見るだけで引いてしまう雰囲気の気功診療所の紹介といった、頭を抱えるような案件を切り抜ける中で培った技術が役に立ったのかもしれない。

仕事における南の信条はシンプルだ。なるべく選り好みをしないこと、締切を厳守すること。こちらがマイナスの実績を重ねれば、相手は笑顔を浮かべたまま減点評価を刻んでいく。それが大人の関係というもので、デッドラインをいつ超えるかは、そのときが来るまでわからない。用心に越したことはない。

それにまあ、いろいろ不運は重なったが、たしかにピラティス自体には魅力があった。数十分のレッスンを受けただけでしばらく体の調子がよかったし、立ちかたや歩きかたといった基本的な所作に気をつけることは日常生活にも取り入れやすい。このあたりで悪いジンクスを断ち切っておいたほうが、今後のためにもなるだろう。

平日の朝十一時という中途半端な時間なのに、意外とコールは長く続いている。切ろうかと迷いだした矢先に、ようやく呼出音がぷつりと途切れた。

『お待たせいたしました。河崎です』

「ご無沙汰しております。先日お世話になりました、南景以子と申します」

『南さん！　こちらこそ、その節はどうも』

「すみません急にお電話して。いま、お時間よろしいですか？」

『ええ、どうぞ』

「また来月あたり、そちらにお伺いしたいんです」

『ああ……どうか、なさいましたか』

言いよどむ気配を感じて、社交用の高い声を引っこめた。

「いや、最近仕事で根を詰めすぎてしまって、きょう宅配便受け取ったときにちょっと腰が逝きかけまして。ぎっくり腰にはならなかったんですけど、やっぱり継続しないとダメだなと思ったんです。もしかしてもう、予約いっぱいですか？」

『……そうじゃないんです。でも、ごめんなさい。心苦しいのですが』

「はい？」

『南さんは、うちにはいらっしゃらないほうがいいかもしれません』

予想外の角度から急に背中を殴られたら、たぶんこんな気分なのだろう。

「え、えーと。もしかしてわたし、先日なにか失礼を」

『いいえ。わたしには、そんなことありませんでした』

ただでさえ前のめりだった姿勢がさらに傾いて、南は机に肘をついた。

「……椎名さんですか」

『お心当たりがありますか？』

肯定を示す質問返しだった。間違ってはないけどその言いかたはやだな、と思う。はいと答えてもいいえと答えても、こちらに責任があるような気がしてしまう。

「うーん……先日久しぶりに会ったとき、なんだか様子がおかしいかも、くらいには思いましたけど。でも、心当たりというほどのものはないですね」

『そうですか』

「あの、具体的にはどのような」

『申し上げないでおきます。でも少なくともしばらくは、おふたりは接点を持たれないほうがいいと思いました。あくまで、わたし個人の意見ですが』

「一緒に行くわけじゃなくても、ですか」

『勘の鋭いかたですから』

歯切れのいい、だからこそ有無を言わせない口調だった。

いかにもこっちを気遣っているふうだけど——段ボールや書類を体で押しのけ、ほとんど机に突っ伏しながら考える。京子さんは慈善事業主じゃない、個人事業主だ。メリットとデメリットを計算し、わたしを受け入れるよりも拒絶するほうが得策だという結論を出したうえで、こういう態度を取っていることは間違いない。

『ほんとうに、申し訳ございません』

それまでのフランクな印象とちがって、妙に丁重な言い回しだった。それで察した。わたしはこの人に「切られた」のだ。いまこの瞬間、デッドラインが引かれた。わたしがあの日、椎名さんとは潮時だと決めたのとおなじように。

高校時代、あの子にそうしたのとおなじように。

「わかりました。大丈夫ですので、気にしないでください。それに椎名さんのほうが、先生とも長いお付き合いですから」

ええ、と返事があるまでに、ほんの一瞬、間があった。印鑑を押すくらいの短い沈黙だったが、それでもまた、知りたくもないことを察してしまった。

「……あ、もしかしてそうでもないんですね」

あえて地雷原に突っ込んだのは、もうほとんどやけくその境地だった。気の抜けた口調に聞こえたらしく、京子先生もつられて『はい、まあ』と素直に答えてしまった。

「どれくらいだったんです？」

『……南さんといらしたときが、三、四回目かしら』

数えそこなうような回数ではない。少ないほうが正解だろう。

もう来るな、が背中を殴られた程度としたら、今度はたぶん、切りつけられた。いや、でも包丁って意外と致死率低いっていうしな。しかも背中って、骨とか内臓とかいろいろ密集してそうだし。でもピストルで撃たれたとしたらきっと即死だからこんな悠長に考えてられないよなあ、どう喩えたらいいんだろう。……ていうか。

ぐるぐると関係ない場所で巡っていた思考が、ぴたりと止まる。

こんなことをうまく喩えたからって、わたしの言葉なんかだれが聞いてくれんだろう？

「椎名さんがなにを言ったか存じませんが、先生はそれを信じたってことですか」

『そんなことは』

「でも、椎名さんを受け入れて、わたしには来るなとおっしゃるんですよね」

『……ええ』

「なんの落ち度もないと思うなら、根も葉もない噂を流すような相手をわざわざ受け入れないはずですよね。や、悪いってことじゃないんです、迷惑するのは先生ですし。ただ、誤解されたくなくて。わたし、椎名さんを傷つけるようなことはなにも」

『わかっています。でもね、南さん』

あ、と予感がしたときには、遅かった。

『わたしたちは生きているだけで、つねにだれかを傷つけているんですよ』

ガーゼで幾重にも包んだようなやわらかい言葉は、それでも放たれた瞬間、構える間もなかった南の急所をあやまたず撃ち抜いた。

『なんでも新陳代謝があります。古いものは追いやられる。だから人は新しいものを見ると、これまでの自分を否定された気分になります。がんばっていればいるだけ、そうなんです』

なんの脈絡もなく、カラオケボックスで愛莉に相談された、顔も知らない彼女の上司のことを思った。それから、もう二度と会うこともない銀行員時代のお局のこと。ライターとして駆け出しのころ、はじめて会った椎名さんの笑顔が頼もしく見えたこと。

『でも、どうしようもありません。ずっとその繰り返しですから。変化についていくか、ほかに居場所を見つけるか、追い出そうとするものを逆に追い出すか。そのみっつのあいだで、なんとかバランスをとるんです。たぶん、だれでも』

話が逸れましたね、と言って、京子先生はちいさく咳をした。

『南さん、椎名さんのこと「たかがお稽古事教室で見栄を張ってバカみたい、なにを必死になっているんだ」って思いませんでしたか？』

「え」

『ああ、ごめんなさい。もちろんそれでいいんですよ、そのとおりですもの』

口調は穏やかだが本音はわからない。南だって自分の仕事をさんざん棚ボタだとか趣味の延長だとか口にはするが、だれかから言われれば受け入れられない。

『でもね。そう考えられるのって、幸せなことなんじゃないでしょうか』

「……わたしには、椎名さんの気持ちがわかりません。一生わかりたくありません」

攻撃的な言葉に、京子先生は怒らなかった。ただしばらく口をつぐんで、それから、きっと遠い目をしているのだろうと電話でもわかる声で『そうですね』とつぶやいた。

『わたしも、そうであってほしいと思います』

ほかの教室を紹介しようかという申し出は断った。お役に立てなくてごめんなさい、とまんざら嘘ではない口調で言って、先生は「腰、どうぞお大事にね」と通話を終えた。

思い出したように、また鈍い腰痛を自覚する。ちょうど、スポーツクラブでヨガマットをぶつけられたあたりだった。たくさんの女性たちの中でうまく振る舞えなかったことを、「ジンクス」のせいにする気はもう失せていた。

通話を終えたスマートフォンをしばらく見つめたあと、南はその手で近所の整体院に予約の電話をかけた。中年の男の先生と若い受付嬢のふたりでやっているそこは近所の年寄りに人気があり、ふだんは最低二週間後でないと予約ができない。だが偶然キャンセルが出たとかで、幸いなことに翌日には施術の時間がとれた。

美容院にせよ歯医者にせよ、南が選ぶときに重視するのは「無駄に話しかけてこない」「間を空けても叱られない」の二点に尽きる。人のよさそうな小太りの整体師は、ゆうに半年ぶりになる南のことを「あーお久しぶりです」のひとことであっさり受け入れ、さっさとカルテと施術着を渡してきた。

めずらしく話しかけられたのは、仕切りの中の施術台に腰を下ろし、両肩のストレッチをうしろから補助されているときだった。

「南さん、姿勢がいいって言われませんか？」

「はい、まあ、たまに」

「たぶんそれ、骨のせいですね」

「……骨、ですか」

小声になったのは、褒める口調ではなかったからだ。

「背骨がまっすぐすぎるんです。いいことだと思われがちなんですけど、背骨ってS字状のカーブがあるのが通常でね。その湾曲がないと、上半身の体重が腰にドンと来ちゃうんです。ゆがみで負担を分散させてるんですよ」

絶句する南に気づかず、整体師はぐっと腕を逸らせながら「腰を痛めかけたのも、そのせいでしょうね」と淡々と言った。

「……それって生まれつきですか？」

「うーん、その場合もありますけど、やっぱりふだんの習慣が大きいですねー。いつも緊張状態だったり、気張って無理に胸を張っていたりするとなりやすいです。日常生活の中で、よくそういう姿勢とってませんか？　失敗しちゃいけない仕事が続いたとか」

答えられずにただ、まっすぐ前を見つめた。

仕切りは内側が鏡張りになっていて、水色の施術着をまとった全身が映っている。先生の顔は体の陰になっていて見えない。その中で自分は、ぶかぶかで頼りない半袖半ズボンを着て、上半身を操られたまぬけなポーズと表情をしている。売れない芸人のシュールな一発ギャグみたいにも見える。

笑えないなあ、すべってんなあ、と恥ずかしくなって視線を落とした。その瞬間なぜか少しとはいえ、愛莉をいびっている上司の気持ちがわかってしまった。

夏

声楽と再会

習字教室で知り合った彼女は、本の虫だった。休み時間のたびに図書室に行っては手当たりしだいに読みつくすので、しまいにはどの棚になんの本があるか、図書委員のほうから訊ねられるようになったらしい。ムーミンやハイジはもとからアニメだったわけではなく原作の小説があるのだと、南は彼女から教えてもらった。

彼女のおかげで本を読む習慣を身につけた。少女パレアナ、若草物語、あしながおじさん、小公女。彼女のすすめてくれる本の中で、ヒロインたちはいつも明るくけなげだった。どんな逆境でも笑顔を絶やさず、最後には必ず幸せをつかんだ。

ご多分にもれず、アンとダイアナにならった例の誓いもした。小学校には水のある場所なんて、夏場以外は閉鎖されているプールか、校舎裏のにごった池くらいしかなかった。池には、彼女が怖がって近づきたがらなかった。何年も前に殺された人の死体がそこに沈んでいると、クラスで噂になっていたのだという。しかたがないので、グラウンドの隅にある蛇口から水を流してそこで済ませた。

一緒にいて楽しかったのだ。クラスの女子の話す内容ときたら、浮いている子や嫌われている教師の悪口、十把一絡げの男子たちのランクづけ、トイレにもひとりで行けないし、あまつさえそれをかわいいとでも思っているらしい。赤ちゃんじゃあるまいし。人より早く反抗期が来たこともあって、南は彼女以外の同級生を軽蔑するようになった。

小五でおなじクラスになってからは、磁石のようにますますくっついて過ごした。家庭科や体育の班決めで三人以上のグループを作る機会ができると、自分たちふたりをどこに迎えるか無言の目くばせが飛び交った。それでも、べつに気にならなかった。どんなときにも態度を変えないふてぶてしい南に、ケイちゃんはすごいね、と尊敬の目を向けてくれたのは彼女だけだった。

学区内のおなじ公立中学に進学して、クラスまで一緒だったときには思わず抱き合って喜んだ。ふたりとも、買ってもらったばかりの制服にはじめて袖を通したはずの日だった。ぎゅっとくっついて肩に顔を埋めた拍子に、彼女の制服からは、自分とおなじ新品の布のにおいがしないことに気づいた。南のセーラー服はさっきまで洗濯のりに浸していたみたいにぱりぱりだったが、彼女のほうは胸元のリボンタイもくったりと型が崩れていたし、ひじの部分が擦りきれて少してかついていた。

疑問が表情に出ていたらしく、彼女は困ったように微笑んでみせたが、とくになにも説明しなかった。だから南のほうもそんなことはすぐに忘れて、憧れていたバドミントン部に一緒に入る約束をした。

少しずつ、子供の目にはわからないように、変化は訪れていた。大人になると聞こえなくなるモスキート音というのがある。あの逆だ。

担任や部活の顧問や学年主任がこぞって「最近川村の様子はどうだ」とやたら気にかけてくるのはなぜか、南にはしばらくわからなかった。てっきり彼女のほうにもおなじように自分のことを質問しているのかと思ったから、よりによって本人にそう訊いた。

彼女はそのときも笑って答えた。ううん、わたしはなんにも言われてないよ。

——だってケイちゃんには、そんなこと訊かれる理由がないでしょう？

つぎに、おなじことを先輩や同級生から、もっとあからさまに訊かれるようになった。ほとんど教師たちに対するものとおなじ答えしか返せなかったが、「川村さんの親、小二のとき離婚したって本当？　苗字がいきなり変わったってクラスの子が言ってたけど」と訊かれたときには正直に「友達になったのが小三のときだから知らない」と答えた。だれかの悪い冗談みたいな偶然だと思った。

ガットは破れたままグリップも巻き替えられない彼女のラケットから目を逸らすこともいいかげんできなくなり、一緒に食べるお弁当を蓋で隠されるようになったときには、事態はもうとっくに子供の手には負えなくなっていた。南はただ寄り添うだけだった。グリップテープもお弁当のミートボールもわけてあげたし、彼女が好きな本の話に付き合うために自分でもたくさん読んだ。できることがほかに思いつかなかった。

——ケイちゃんはいいね。

すごいね、の代わりにいつのまにか、それが彼女の口癖になっていた。

違和感を伴って気配だけがちらついていた、その「音」が南にもはっきり聞こえるようになったのは中三のときだ。南はそのころ、東京の大学に行くために地元でトップクラスの進学校を目指していた。平日は深夜まで問題集を解き、土日は予備校に通う生活を繰り返していたら、軽い受験ノイローゼに陥った。ついに模試の成績が下がったことを理由に親と喧嘩になり、その翌日、我慢していたものを彼女に打ち明けたのだ。

昼休みにお弁当を食べ終わり、ふたり並んでトイレで手を洗っているときだった。そのときの返事は、いまでも忘れることができない。

——でもケイちゃんは、バーバリーのハンドタオルが使えるんだよ？

お説教や皮肉ではなく、当然のような口調だった。

鏡の中の彼女はいつもの笑顔を浮かべていたが、なぜかそのとき、直接となりを見ることはできなかった。ピンクのタオルが、水を吸ってぐしゅっと音を立てた。縁にあしらわれた控えめなバーバリーチェックにひと目惚れして、お小遣いで買ったものだったが、右端に刺繍された馬上の騎士のロゴマークを、南は隠すように手に押し込めた。

——お弁当は毎日きれいだし、グリップテープも余るくらい買ってもらえるし、こないだ話してた本だって、買ったんでしょ？　新しいから、まだ図書室にはないもんね。ケイちゃん、自分で思うよりずっと恵まれてるよ。いまあるものに感謝しなくちゃ。

してるよ、と小さな声で答えたが、彼女からの返事はなかった。

たしかにそのとおりかもしれない。いや、そのとおりだ。感謝感謝、と心の中で繰り返すうちに、だんだんそれまで知っていた「感謝」の意味がばらばらになって、どういうものだったかわからなくなった。鏡に映る自分を見つめ続けると、いったいそれがだれなのかわからなくなるように。

——川村さーん、先生が呼んでる。家から電話あったって。

廊下からクラスの女子の声がした。わかったー、とにこやかに答えて、彼女はぽんと南の肩を叩いて出て行った。

彼女と入れ違いに、学年でひときわ目立つグループが入ってきた。髪を茶色く染めて大人のようにメイクをした、冬場にはバーバリーのカーディガンやマフラーを使っている、大半の生徒から恐れられ憧れられていた女子たちだった。あのおっさんうぜー、死ねよなー、と物騒な言葉とともに笑いながら、何人かが個室に入り、残りのメンバーがポーチや香水やブラシを手にしつつ南をはさんで一列に並んだ。ひとりが赤い爪でつまんだハンドタオルには、テレビでしか見たことのなかったプラダのロゴがついていた。

たちまち香水や粉の華やかなにおいが空間に充満し、南はいたたまれなくなってそそくさと立ち去った。あんなにバカにしていた「ひとりでトイレに行けない女子」に自分がなっていたことを、そこでようやく自覚した。


スペイン料理のランチコースのあとで「ちょっと話しようよ」と知代実がなにげなく入っていったのは、千円以下のメニューがブレンドコーヒーくらいしかない小じゃれた喫茶店だった。さすが丸の内価格、と瞠目しながら八百九十円のアイスコーヒーを注文する南を後目に、知代実は千八百円近くする焼き菓子と紅茶のセットを頼んだ。

開業医の妻はちがうぜ、とあらためて感心する。大学時代にサークルの同期だった片岡知代実は卒業後、フランス語の教師になり、そのあと婚活を経て三年前にめでたく結婚した。新姓は堀越知代実。あと少しでリアル「南くんの恋人」だったのに惜しいなーと、結婚式の二次会でサークルの連中が冗談を飛ばしていた。それからとくに接点はなく、専業主婦として家事に妊活に励んでいるらしいと噂で聞くくらいだったが、二年ぶりに彼女のほうから連絡が来た。

「ダンナが出張中だから、こんど夏休みのつもりで東京に遊びに行くんだ。都合どう？　久々に南に会いたくなっちゃったし、数年越しで恋人コンビ復活しようよ〜！」

もちろん嬉しかった。恋人コンビといっても「南とちよみだから」そう呼ばれていただけだが仲は悪くなかったし、南自身、面倒見がよくて話がうまく、新入生のときから周囲に「姐さん」と呼ばれていた彼女に好感を持っていた。

「ちょみ、すっかり素敵な奥様じゃん。愛されてんだね」

「いやー結婚してもう三年だもん。そろそろ新婚でもないってば」

実際、向かいに座る知代実はずいぶん雰囲気が落ち着いた。学生時代はいろいろ冒険していた髪の色を極力黒に近づけ、メイクも服装も色味を抑えている。だが控えめに、かつ地味でも陰気でもない「いい奥様」として装うためにはどれだけの努力と手間が必要か、いまの南は重々承知している。さっき化粧室で開いたポーチから出てきたのはシャネルのフェイスパウダーだったし、使い勝手のよさそうなベージュのバッグはランバンの新作。胸元の控えめなネックレスはティファニーの定番モデルで、髪を耳にかけるたびに覗くピアスは、小粒だがたぶん本物のダイヤモンドだ。我ながら姑のようだが仕事柄、どうも覚えのあるものは目に入ってくる。

「連載してる雑誌、読んだよ。習い事の」

「……あー。だれかに訊いた？」

「うん、キョースケかたっちゃんかなあ。こないだ、こっちで飲み会があったときにそんな話になったんだよね」

こないだ、という表現からして、ここ一年以内の話だろう。

南はしばらくサークルの集まりに顔を出していない。悪い連中ではないが、女性向けのライターという職業を「しゃれおつ」「スイーツ」とからかわれるたびに愛想笑いをする体力も惜しくなり、しだいに飲み会やイベントから足が遠のいた。ある程度はしかたないとはいえ、仕事をおもしろがられるのはいい気分ではない。

だが、それを逐一理解させようとするのはこちらの勝手だ。

「南も来ればよかったのに。うちの代は女の子もけっこういたよー。あいりんもちょっと顔出したかな……あ、あと黒田先輩。なんか異動になったんだってね。しばらく会えないからって誘われたみたい」

愛莉はべつの場所で共有の知人と会ったとしても、その話を自分からはしなかった。仕事について興味本位で言及してくることも、知らないあいだに探りを入れていることもなかった。そのことに、はじめて気がついた。

「そういやそこで聞いたんだけど、南ついに別れちゃったんでしょ。あれだけ付き合ったんだから、てっきり結婚確定だと思ってたよー。なんかあったの？」

「あー、まあいろいろね。それよりなんの話だっけ」

「えっと、そうそう。南、あんな大手の雑誌で連載なんてスゴイじゃん。ふつう、体験記って有名人とかがやるんでしょ」

「そうでもないよ。ああいう軽い企画を経費削減のために外注するのは、最近めずらしいことじゃないから。それに、もう終わることも決まったし」

「え、打ち切りってこと?」

「うん。編集長が変わって、雑誌自体がリニューアルされるんだって」

担当者から来たメールには、予定より早期のコーナー終了について「リニューアルに伴い読みものページを一新することになりました」とあっさり書かれていた。事務連絡のついでとい
う様子で、とくに申し訳なさそうでもなかったのはあくまで外注のライター相手だからだろう。コピー&ペーストで送っているらしい文言の末尾は、「本誌は十月以降より多くのニーズに応えられるよう、多様化する女性のライフスタイルに密着した『ためになり、役に立つ』情報を発信してまいります。リニューアル後も引き続き、本誌をよろしくお願いします」だった。

ファッション誌全体の売り上げが落ちていることは、きょうび常識だ。どこも生き残りを賭けて必死なのだろう。しかたがない。慈善事業ではなく、経済活動なのだから。

「でもそういうのって、人気があれば続くもんじゃないの?」

無邪気に放たれた言葉は、ぐっさりと南の胸に突き刺さった。

雑誌に毎号はさまれている読者アンケートのハガキには、毎回「好きなページ」と「嫌いなページ」を読者に挙げてもらうという設問がある。特集記事から小さなコラムまですべての企画に番号が振られ、そこから四つずつ任意に選んで理由をコメントしてもらうのだ。人気のある企画が優遇されるのはもちろん、意外と「嫌い」に選ばれがちなページは編集部の注目度が

高い。長期連載につながったり、それを機に新たな目玉企画が生まれたりする。理由は単純で、そこから読者の生の声が聞こえるからだ。

南の連載には開始当初こそちらほらと意見が寄せられたが、それもすぐになくなった。好きな企画に選ばれるとしてもほとんど四番目で、コメント欄でも触れられないことが多かったらしい。SNSで感想をサーチしようにも、半ページ程度のコラムに対するコメントがどういう検索ワードで引っかかるのかわからなかった。はじめて否定的な意見を見つけたときには雑誌名と「新連載」で調べたのだったが、いまはその手も使えない。それにたぶん、そもそもそんなことをするまでもない。

「まあねー。弱小ライターはつらいっすよ」

「もっとがんばって、期間延ばすように頼んでみればいいのに。ああいうゆるーい文章でお金もらえるんだから、いい仕事じゃん」

オレンジピールが入っているという小さなクッキーを食べながら、知代実は悪意のまったくない表情で言った。

南は苦笑いしながら、半分ほど飲んだアイスコーヒーにガムシロップを注いだ。きちんと銀色の、専用の器に入ったものだ。こういうのって市販のポーションをぱきぱき開けて移すのかな、その人件費っていくらくらいなんだろう、とくだらないことを考える。

そう、くだらない。まったく役に立たないし、ためにもならない。

「そういうわけにもなかなかね。いや厳しいわ、またバイト生活かも」

しかたがない。人にはわかりあえない部分があって、わかりあうために言葉を尽くす気すら湧かないこともある。わかりあうより大事なことも、なくはないはずだ。

「そっかー。でもまあ、しょうがないよねー、前の仕事辞めちゃったんだし。ぜんぶ覚悟の上だったんでしょ？　すごいよね、わたしなんかとてもそんな勇気出ないよ」

なくはない、と思う。たぶん。

「せめて別れてなきゃねー。もったいないことしたね。たいした原因がないならもうちょっと我慢したほうがよかったかもよ。十年も付き合ったんだから、いまさら若いのに持ってかれるの癪だとか思わなかったの？」

「わたしのことはいいよ」

知代実ってこんなに察し悪かったっけ、と訝りながらフォローの言葉を探した。それとも生きるにつれ地雷を増やしつづける自分が悪いのか。

「みんなとちがって、なんの変化もない気楽な身分だもん。それよりちょみは最近どうなの、ダンナさんと仲よくやってる？」

「うん、まあ。でも、出かけるときと帰るときにはわたしに家にいてほしいみたい。なかなか出歩けなくて、パートもできないからそうなると一馬力じゃない？　開業医とはいえいつなにがあるかわかんないし、お姑さんがちょいちょい手伝うって名目で偵察に来ては『子づくりに専念できるわね』とかせっついてくし、なにかと気づまりでさ」

でもまあ、しょうがないよねー、専業主婦なんだし。ぜんぶ覚悟の上だったんでしょ？　すごいよね、わたしなんかとてもそんな勇気出ないよ。

甘ったるいコーヒーで飲み下すまでもなく、そんなことは言えそうになかった。

「そうなんだ。大変だね」

「うん、気分転換といったら、月イチで料理習ってるくらいかな。ダンナも喜ぶし、子供作るとなったら栄養バランスとかもちゃんとしなくちゃいけないからね」

「趣味と実益を兼ねてるんだ」

「さすがにね、この歳になると習い事ひとつとっても、スキルアップとか実用性とか先々を考えるよ。将来、役に立たないことにはお金払いたくないもん」

紙ナフキンで口元を押さえながら、知代実は無邪気に笑った。白い紙に口紅が移っている。コーヒーの色と混ざってどす黒くにじんだそこから、南はさりげなく目を逸らす。

「次はパエリア作ってみよっかな。評判いいだけあっておいしかったよねーあの店。一度行きたかったんだけど平日しか予約とれなくて、そうなるとみんな子育てだの仕事だの、なんだかんだ暇じゃないからさあ。南がいてくれて助かっちゃった」

顔の全神経を総動員して、なんとか最上級の愛想笑いを作った。

夜、ふと思い立って、久しぶりにフェイスブックのアプリを起動した。

結婚式の写真をプロフィール画像に設定した、「堀越（片岡）知代実」のアイコンを人差し指で選択する。最終更新記事は二時間ほど前のものだった。ふたりで食べたパエリアと、ほかにも何枚かの写真がソフトフォーカス加工されて載っている。

「ひさしぶりに上京しました〜☆　平日だしバタバタしててほとんど友達には会えなかったけど、テレビで見て気になってたスペイン料理屋にも行けたし、きのうは表参道でお買い物してパンケーキも食べられて満足。またゆっくり遊びに行きたいなぁ！」

すでに「いいね！」がいくつかとコメントもついている。その一件は「Airi Saeki」からだった。アイコンは相変わらず、実家で飼っているという犬の寝顔の写真。

「パエリアおいしそう！　ちょみ元気？　夜なら空いてるし、次来たら声かけてね！」

あの電話を受けてから、愛莉からは一度だけ、ラインで連絡が来た。

秋に福岡で開催されるという大規模な落語会に、旅行がてら一緒に行かないかという誘いだった。最後に付け加えられた『もしダメでも、いちおうあてはあるから大丈夫。都合つけられそうなら、ギリギリでもいいから教えて』という一文を読んだとき、愛莉は先輩と結婚する気だ、となんとなく察した。

返事はまだしていない。共通の知り合いと付き合うだけならまだしもプロポーズされるまで黙っておいて、いまさら旅行に誘ってくるってさすがにどうなんですか、というひねくれた気持ちも当然ある。だが、我ながらひねくれすぎた心はさらにもう一周して、そんな自分がついていったところでどうなんだろう、という気持ちのほうが大きかった。

きょう、数年ぶりに知代実と再会してみて、正直なところ不安は倍増した。我ながらぎこちない笑顔を浮かべて知代実と別れ、帰路につきながら真っ先に考えたのは「お茶したのが百円マックだったらまた印象変わったのかな」だった。そんなことを想像する時点で、そもそもダメだったのだとわかっている。

立ち上がってベランダの窓を開けると、梅雨明けの湿気を含んだ風が入ってきた。

「すっかり夏だなー」

声に出してみた言葉は、水泡のようにぽかりと密度の濃い夜気に浮き上がる。

まだ銀行員だったころは、年に一度は休みを合わせて旅行をした。ふたりとも自転車サークルに入っていたくらいなので、もともと遠出をすることは好きだったのだ。南房総の温泉宿からシンガポールのリゾートコテージまで。ふたりで行ったこともあるし、ほかのメンバーが加わった大所帯になることもあったが、南はなるべく人が少ないほうが楽しめた。その習慣がなくなったのはあきらかに、自分がこの仕事を始め、収入が安定しなくなってからだ。

旅行をしなくなってからは、愛莉との記憶はなぜか夏のものが多い。

たとえばバーベキューもできる都内の公園で、数人で天下一武道会と称して水遊びをした。水風船や水鉄砲を持ち込んでおのおの好きなマンガの必殺技を叫びながらぶつけあい、本物の拳銃そっくりな水鉄砲を持ち込んだ同期のひとりは来る途中で職質を受けて遅刻した。母親の実家から南に毎年送られてくるスイカを、愛莉の提案でまるごと器にして巨大なフルーツポンチを作った。悪ノリでシャンパンをサイダーの代わりに入れたら思わず無言になる味で、けっきょく、そのあとでふつうに切り分けたスイカを食べた。数年ぶりに水着を新調したときも愛莉と行ったし、浴衣を新調する彼女にも自分が付き添った。

そう、それを着た愛莉と、花火大会にも行った。場所はたしか荒川の河川敷。黒田先輩たちも含めた四〜五人のグループで、百円ショップで買ったビニールシートを敷いて愛莉と南が場所取りをし、ほかのメンバーは近くの屋台に食料調達に出かけた。

「先輩たち、まだ帰ってこないね」

そう言われて携帯電話の画面を見ると、アナウンスされていた開始予定時刻を五分ほど過ぎていた。雲は分厚くないが星も月もない、風も少ない花火向きの夜で、感覚の狂った蟬の声と土いきれの匂いがだだっ広い川べりに充満していた。

「けっこう経ってるね。露店のほう、すごい混雑だったもんなー」

「なんでお祭りとか海の家とかで食べると、具の少ない焼きそばとか、人肌になったへにゃんへにゃんのたこ焼きとかあんなにおいしいんだろうね」

「わかるわかる。あと、衣が異様に分厚いアメリカンドッグ」

「ああ、いいね！　買ってきてくれるかな」

「アメリカンドッグは分けづらいから無理かも……あ、そういえば愛莉、途中で売ってたチョコバナナ見た？　カラースプレーだけじゃなくてマーブルチョコとか小枝とかトッピングしてあったよ。あとコアラのマーチ！」

「なにそれ、その屋台出してるの大富豪？」

「あとね、都市伝説だと思ってた『シロップかけ放題』って書いてあるかき氷屋も見た。たぶんやってるの石油王だわ」

「うわー、現代日本って豊かだなあ。エルドラドなのかな」

ふいに近くのスピーカーから、花火の始まりを告げる音楽が流れてきた。

場所をとったのはかなり末席で、比較的混雑に余裕はあるがそのぶん花火も遠かった。どっちのほうだっけ、とふたりできょろきょろ目を凝らしていると、どおん、という破裂音が愛莉の頭越しに聞こえてきた。

「あ、南あっち！」

「あーあ、みんな間に合わなかったね」

「戻ってくる途中の道からも見えるといいけど……あ、また光った」

「ほんとだ」

「『光ってみえるもの、あれは』」

声が揃ったことに、少しのあいだ気づかなかった。

思わず顔を見合わせた。それから状況を理解して、ふたりとも同時に吹き出した。それぞれビニールシートの端に横向きに倒れて、続いている花火も見ずに、あっはっは、あははははは、と文字どおり笑い転げた。

「くだらなーい！」

「うちらほんとバカ！」

「川上弘美に謝れよー」

「そっちこそ！」

口々に言ってけたけたと爆笑する女ふたりを、通りがかったカップルや前のほうに座った家族連れが不審げに見ていた。そんなことすら気にはならなかった。たぶんあのとき、愛莉のほうもそうだったんじゃないかと思う。

「あー、ずっとこうしてふざけてたいな」

お腹を押さえながら言われて、咳き込みながら「わたしも」と答えた。愛莉は苦しそうに上体を起こし、目尻ににじんだ涙を拭いながらこう付け加えた。

「わたし結婚するときには、スピーチは南に頼みたいなあ」

南の部屋のベランダからでは、いくら目を凝らしても花火は見えない。窓とカーテンを閉めて、またスマホの画面に視線を落とす。

愛莉と知代実はサークル以外でも、おなじ仏文学科だったこともあってかなり仲がいいほうだった。もともと知代実を「ちょみ」と呼んでいたのは愛莉だし、彼女も知代実の影響でほとんどの女子から「あいりん」と呼ばれていた。知代実が結婚して名古屋に行くまではサークルのつながりだけでなく、学科の同期として密に連絡をとっていたらしい。

もし、知代実と自分の立場が逆だったら、花火大会に行っていたのは。

そこまで考えて、フェイスブックを強制終了した。

代わりにメールアプリを起動する。仕事用のアドレスとはべつに学生時代のフリーアドレスを残しておいて、ダイレクトメールの受信用にしていた。ゼミやサークルの連絡網もこのアドレスで受信している。サークルのメーリス一覧を上部に呼び出し、メールのタイトルと差出人をスクロールしていく。

たっちゃん「久々同期会！」。かなち「結婚&神戸に引っ越します」、それに何人かから祝福と激励の返信。それぞれ社会人自転車部に所属しているマサと絵美里からはサイクリングの誘いが定期的に来る。音大所属の変わり種だった咲穂《さきほ》からは「声楽教室はじめました」。国家公務員のポンタから「ＮＹの法科大学院に行きます」。卒業早々に結婚したメルと弘道の同期カップルは「ふたりめ生まれたよ～」と写真添付で、それにキョースケが「みんな愛の巣襲撃するぞ！」と反応している。知代実の披露宴二次会の連絡も、もっとさかのぼれば出てくるはずだ。だれかの結婚や出産や転勤といった大きなイベントのときには、愛莉――「あいりん」もたまに返信している。テンションの高いタイトル一覧を眺めていると、だんだんにぎやかな話し声をひとり、壁越しに盗み聴いているような気分になってきた。

愛莉以外にも見慣れたアドレスは交じっていた。去年別れた元恋人で、タイトルは「海外赴任のお知らせ」——場所はアメリカ、ペンシルヴァニア。ペン「シルヴァニア」ってシルバニアファミリーのあれかな。そう思ってから、その程度のことしか考えつかないのが情けなくなる。元彼がそこで暮らすというのに、この落差はなんなのだ。

まだ一年も経っていないのに、南の部屋から彼の気配はとっくに消えている。もらった猫型ビーズクッションがない、と無意識に探してから、昨年末の大掃除で捨ててしまったのだと思い出した。布が破れて中のビーズが少しずつこぼれだすようになって、繕おうとしても生地が特殊だから針や糸がうまく通らず、しかたないから処分したのだ。

以前テレビで、好きな作家が「あまりに統一感のある部屋に住んでいる人間は信用できない」と発言していた。プレゼントやおみやげといった第三者の気配を、趣味に合わないという理由で容赦なく捨てていることを意味するからというのが根拠だった。妙な説得力に感心しながら南はそのとき、とっさにだれもいない自分の部屋を振り向いた。

新陳代謝のように消えていく、過去の気配。

でもそれは、自分だって排出されていくということだ。

ものを受け入れるには空間がいる。広い部屋を借りるにはお金がいる。稼ぐためには働かなくてはいけないし、万全の姿勢で働くために、ほかのものに優先順位をつける必要がある。言い訳も後悔もしたくない。それでも残高を見たくなくて預金通帳の記帳は遅れがちになるし、なにげなく入る店の平均価格は下がっていくし、冬場に温泉やスノーボードにも行かなくなる。安くないお金を払って参加した食事や飲み会でよくない目に遭えば、消えた金額を思ってじくじくとため息をつく。そんなの、相手にも失礼だ。

愛莉が旅行に誘ってきたのは久しぶりだ。もしかしたら、最後かもしれない。

でも、環境は人を変える。そして行く道を分けていく。それはきょうの知代実を見ていればわかることだ。知代実のほうも、南におなじことを感じたかもしれない。

メールアプリを閉じることができずに、あてもなく画面のスクロールを続けた。十年経っても活発に近況を交換しあうこのメンバーの中で、もうとっくに自転車を処分してしまったという人間は自分以外にどれくらいいるのだろう。

みんなのアイドルだった「あいりん」からもし結婚報告がきたら、ここはちょっとした祭りになるかもしれない。しばらく経ってからアドレスを確認し、すべて終わったあとでやっと気づく自分を想像してみる。そんなに突拍子もない妄想とは思えなかった。

埼京線各停、最寄りに目立った施設が大きめの劇場くらいしかない駅で降りて、そこからさらに徒歩十五分。練習場所として指定されていた公民館は、南にとって都合のいい立地ではなかった。土曜の午前という時間帯を考えると慣れない早起きにも耐えなくてはならない。正直、咲穂にメールを打った三秒後にはもう気が重くなっていた。

でもたまには、それくらい前のめりでないとやりきれないこともある。

「はーい、では一音ずつ上がっていきますね。口をはっきり開いて」

こちらに背を向けてピアノを弾く咲穂が、幼稚園の先生のような快活さで言った。

「あえいうえおあおう、でくださいねー」

大西咲穂とは、南も愛莉もさほど仲がよくなかった。というより、なにかと徒党を組みたがる女子大生グループのさなかにあって、彼女はだれともつるまなかった。先輩たちがダメ元で勧誘に行ったお嬢様音大の生徒で、新歓どころか夏休みも終わりかけた中途半端な時期にひとりで乗り込んできたのだ。やってきたとか、現れたとかではなく、まさに乗り込むと言いたくなる登場のしかただった。

「『風になって生まれ変わる』というホームページの謳い文句に惹かれてきました」

冗談とも本気ともつかないその自己紹介に、一同は小さくざわついた。声楽を専攻しているお嬢様大学の新入生、の肩書だけ聞いてひそかにふくらまされていたのだろう妄想と、彼女はあきらかに様子がちがった。男並みに身長が高く化粧けもなく、それでいて腰まで髪を伸ばし、ピアスを合計五つつけて、黒ずくめのごついファッションに身を包んだ「音大生」。ごった煮のアイデンティティはてきめんに女性陣の縄張り意識を乱し、みんな腫れ物に触るように接していた。南はそれを横目で見ながら、咲穂ではなく、咲穂を遠巻きにする子羊みたいな同級生たちをバカバカしく思っていた。そこには知代実も、たぶん愛莉も含まれていた。

知代実の披露宴の二次会に、そういえば、咲穂は参加していなかった。

練習場所の音楽室で顔を合わせたとき、まず驚いたのはトレードマークだったはずの超ロングヘアの変化だった。ボーイッシュというには思い切りのいいベリーショートになっていて、シャープな輪郭もあいまって闘病明けなのかと心配したくらいだ。

「いちごのヘタみたいでいいね」

そう言うと、「ヘタみたいにとれないけど、洗いやすくていいよ」と返された。発言が冗談か本気かわからないところは変わらないようだった。服装もごくこざっぱりした長袖シャツとデニムというユニセックスなもので、バンギャ風だったころの痕跡はあとかたもない。眉を整えたせいか、個性的な髪型もよく似合っている。宝塚の男役だと言っても通りそうだと感心しながらも、かつての面影を微塵も感じさせない激変ぶりが寂しくもあった。寂しがるほどの仲ではなかったのに。

環境は人を変えて、行く道を分ける。

「はいっ、お疲れ様でした」

ピアノの旋律が最初とおなじ音階で終わり、咲穂が学生時代からは考えられないさわやかな笑顔で振り向いた。ありがとうございましたー、と南以外の生徒が声をそろえる。全員がごそごそと水を飲んだり、顔見知り同士で固まっておしゃべりを始めたりしだす中、新参の南はぽつんと棒立ちで、楽譜をたたむ咲穂の横顔を眺めていた。

生徒は六人。全員が南と同世代かやや上くらいの女性で、それぞれに系統はちがうがどことなく共通項がある。日焼け止め対策のためにサングラスか長手袋か日傘、冷房対策のためにストールかカーディガンを持ち歩き、笑い声を音にすると「うふふ」か「おほほ」で、この時期はあいさつがわりとして旅行の予定か計画について話しあう。

こういう人種は自分とは無縁だなと感慨にふけりかけて、ふと椎名さんのことを思い出した。その瞬間、ひそかに衝撃を受けた。椎名さんからの仕打ち自体ではなく、まだそんなに時が経っていないのに、平気で椎名さんのことを忘れかけていた自分自身に。

南は参加の前に、メールで自分の近況を咲穂に伝えた。わたし、転職していまライターやってるんだけど、習い事についてコラムを連載してるんだ。見学してもいいかな。経費が下りないから払えるのは参加費だけになっちゃうし、迷惑なら遠慮なく断ってください——嘘はついていない。連載がもう終わること、すでに最終回まで内容は決まっているので、今回の参加はそこにまったく関係がないことを除けば。

どうしてわざわざそんなことを言ったのか、正直自分でもわからない。咲穂はあっさりと快諾してくれた。仕事について必要以上にお世辞を言うことも、追求してくることもなかった。練習前にもほかの生徒に向かって「きょう見学する南さんです」と紹介したくらいで、必要以上に特別扱いはしなかった。

そういえば、彼女がピアノを弾いているところを見るのははじめてだ。自転車に乗ってるところしか知らないから新鮮だな、と考えてからおかしくなる。音大卒という経歴を考えれば、そちらのほうが異常なのだ。

「はーい、では前回までの楽譜を出してください。初参加のかたはこちらです」

初参加のかた、と呼ばれて楽譜を受け取りにいったのは、南ひとりだった。

「では、最初に通して歌ってみましょう」

あ。席に戻りながら、渡された楽譜を見て、思わず声が漏れた。

井上陽水の「少年時代」。カラオケでの黒田先輩の持ち歌だった。

これとボウイを歌ってるときだけはあの人二割増しでかっこよかったなー、などとぼんやり回想しているあいだに、やわらかいピアノの前奏が過ぎていった。素朴といえば聞こえはいいが、なんだか首を絞められた鶏みたいな歌声が公民館のホールに響きだす。南はタイミングを計りかねて口だけを開けた。ピアノの旋律に導かれて、歌声はぶれたりかすれたりしながらも、どうにかハーモニーらしきものを作りはじめる。

その瞬間なぜか、花火を背に目尻の涙をぬぐう愛莉の笑顔を思い出した。

ほとんど個人的な接点のなかった、咲穂との思い出がひとつだけあった。

大学三年の夏休み、彼女のほうから誘われて、ふたりで舞台を見に行ったのだ。池袋駅から徒歩十五分、客席には椅子の代わりに丸太やビールケースが並べられ、ステージが高さ三十センチくらいしかないような古びた小劇場だった。

劇団名もパンフレットに書かれた役者の名前も、だれひとりとして南には聞き覚えがなかった。それが非常識ではない証拠として、席は半分も埋まっていなかった。妙にカラフルなチラシに書かれたあらすじは念のために三回読んだが、なにが起こるかまったく見当がつかなかった。わざとかもしれないが、知りたいという欲求さえ起こさせないのはマーケティングとしてどうなんだといまならもの申したい。

咲穂がなぜ自分を選んだのかはわからない。とくに説明もなくいきなり「チケットがあるから興味あれば」とメールが来たのだ。たぶん役者のだれかが友達なんだろうと当時は思っていたが、ちがったのかもしれない。公演が終わって外に出るとロビーではキャストやスタッフが総出であいさつをしていたが、彼女はだれとも目を合わせずにさっさとそこを通り抜けた。

「泣いた？」

別れぎわ、咲穂は真顔で南に訊いた。

きょとんとしてから、観劇の途中、眠気を堪えるために目をこすったのがそう見えたらしいと気がついた。うしろめたいながらも正直に否定すると、なぜかほっとしたように「そうだよね」とつぶやかれた。

肝腎の芝居の内容は、残念ながらまったく記憶にない。なにか新しいことにつながったわけでも、なにかが劇的に変わったわけでもなかった。あまりにとらえどころがなくて、なんか変な一日だったなあと思っただけだった。それっきり、すぐに忘れた。

でも、だからといってたぶん、ちっとも楽しくなかったわけじゃなかった。

「楽しかった？」

いきなり訊かれて、かけていたモップにつんのめりかけた。

思わず咲穂を凝視すると、きょとんとした顔で見つめ返される。はっと我に返った。彼女が言っているのは十年前ではなく、きょうのことだ。

「あ、うん」

ねえ、なんであのとき誘ってくれたの？

一緒に床にモップをかけている咲穂に、そう訊く勇気は出なかった。自分がほかの子とちがって特別だった理由を求めて、いまさらなんになるのだろう。まして、そこにたいした意味なんかないとわかりきっているときに。

いや、意味がなければ、まだマシだ。

「ちょっとは南の仕事の参考になったかな」

「ありがと。お礼にお茶でもおごるよ」

「ほんとー？　でもこの辺サイゼリヤくらいしかないからなあ」

快く受け入れてくれた咲穂への罪悪感も手伝って、こうしてレッスン後の掃除や片付けを手伝ったりなどしている。公民館は原状回復・時間厳守がモットーで、それが破られると次回の予約がとれなくなる場合があるらしい。じゃあここまでにしましょうか、と咲穂が言った五分後には、音楽室にはふたり以外だれもいなくなった。

時間外に生徒とお茶をしたり、長話をしたりする習慣がないあたりは咲穂らしい。そう考えてから、「らしい」なんて言えるほど彼女のことを知らないと思い至る。

「だれだっけー、サイゼのミラノ風ドリアをこう四等分にして、こっちはそのまま、こっちはタバスコ、こっちは粉チーズ、こっちはミックス、ってやるの流行らせたの」

「あー、あったねそういうの!」

「一斉にミラノ風ドリア頼みすぎて、店長に苦情言われたんだよたしか。十人以上で来る場合は事前に予約するか注文する料理ばらばらにしろって。咲穂、そのときいた?」

「ううん。でも『きょうのドリア枠だーれだ!』ってみんなが挙手してるのは見たことがある。そっか、十年来の謎が解けたわ」

十年来と言ってはいるが、咲穂がそれをずっと気にかけていたわけはない。南だって、ミラノ風ドリア四等分のことなんかとっくに記憶から抹消したと思っていた。

「あ、そういえば南、彼氏いたよね。どう、仲良くしてる?」

「いや、去年別れた。性格の不一致」

答えながら一ミリも心は動かなかったし、顔を思い出しすらしなかった。

「そっか、残念。でも、理由がそれなのにけっこう長続きしたね」

「あっはは、言えてる！　お互いもっと早く気づけよっていうね」

「まあでも、男子三日会わざれば刮目《かつもく》して見よ、っていうし。十年経てば人間なんて細胞レベルで別人だから、おなじ相手と関係を保つほうが無理だよね」

「……そうかなあ」

「どうしたの南、なんかいま低い声出たけど」

「ほら、よく言うじゃない。人間関係は財産だって。十年前の知り合いがだーれも残ってない場合って、その十年はぜんぶ空っぽだったことになるのかな」

「んー……」

ぼんやりした相槌とともに、きゅっとモップの音が止まった。

ふと顔を上げると、いつのまにか咲穂が目の前に立っていた。部屋の端と端からモップをかけて中央で鉢合わせしたらしい。おお、と目を丸くする南に咲穂は「なんかこんなシーンあったよね、ディズニーの映画で」と楽しげに言った。

「え、モップ？」

「ちがうちがう。知らないあいだにふたりっていうか二匹で一本のパスタ食べててさ、端からこう近づいてって、気がつかないあいだに顔と顔が……」

「あ、『わんわん物語』！」

「『ベラ・ノッテ』、名曲だよねえ……」

言うなり咲穂はちらっと時計を見て、鍵をかけたばかりのピアノに走り寄った。

「え、時間大丈夫？」

「うん、じつはちょっと遅めの時刻まで申請してあるから。きょうはみんな早めに帰ったけど、いつもはけっこう長尻《ながつちり》なんだよね」

「長尻ねえ……」

男子三日会わざれば、といいなにかと古風な言い回しが好きらしい咲穂は、楽しげにいくつか和音をかき鳴らし、やがて即興でなつかしい曲を弾きはじめた。音域は、本来の男声から女声向けに合わせてある。意味深な目配せを受けて、南は思わずモップをマイクに見立て、うろ覚えの歌詞を口ずさんだ。

きれいな　きれいな夜　今宵はベラ・ノッテ
きらめく星の色も　やさしきベラ・ノッテ
愛する二人が肩を寄せれば
ときめく想いが夜空にのぼる
静かな夢のように　星降るベラ・ノッテ

じゃららららん、と拍手のかわりに華やかな和音が鳴った。

いつのまにか、声が大きくなっていたらしい。伴奏がいいとこっちまでうまくなった気になるな、と思いながら、照れ隠しにかるく咳をする。

「……けっこう覚えてるのね、小さいころに見た映画の曲って」

「うまいうまい！　南、いい声出すじゃん。ちょっと聞き惚れちゃったよ」

「いやいや、そんなこと音大卒に言われても」

「いいじゃん。プロになるわけでもないんだし、楽しければ」

「……いいのかなー」

「んー？」

また「ベラ・ノッテ」が、今度は小さな音で響きだす。喫茶店や美容院でよくかかっているような耳馴染みのやさしい、こちらの言葉を邪魔しないピアノアレンジだった。

モップの柄に顎を乗せて、曲にあわせて小さく前後に揺れる。ピアノを弾き続ける咲穂の背中に話しかけているのか、ただのひとり言なのか、自分でもよくわからなかった。

「考えちゃってさ、最近。みんな大変じゃん？　ちょっとでも楽しんでほしくて仕事やってきたけど、そんな場合じゃない、役に立たないことに付き合ってらんないって、あちこちから言われてる気がするんだよね。正直自分でもそう思っちゃってるし。肩身狭い」

「そんなこと言ったら、うちの教室だってだれの役にも立ってないよー。ここからプロになる生徒なんてたぶんひとりもいないもん」

「あ、ごめん、そういう意味じゃないんだ」

話しながらも、咲穂は手すさびにぽろぽろとピアノを弾き続けている。こちらを振り向きはしないが、まったく怒っていないことはその手つきからわかった。

「仕事だけじゃなくて、わたし、いままでだれかの役に立ったことなんか一度もない気がする。そりゃ、みんなに切り捨てられてもしょうがないのかなって」

「役に立つから大事にしとこう、っていうのもいやらしくない？　本末転倒っていうか。大事な人だから、役に立ちたいんじゃないかな」

大事な人。そんなふうに断言できる相手が、自分にどれくらいいるのか考えてみる。

「相手のほうから『いらない』って言われたら、どうしたらいいんだろ」

「いらない人もちょっとくらい必要でしょ」

「え、なにそれ急に。哲学？」

「だってさあ南、ほんとに大事な人にはこんな話できないよ、たぶん、お互いに」

小さな泡のような和音は、いつのまにか「アンダー・ザ・シー」に変わっていた。

そこでやっと気がつく。咲穂はさっきから、切れ目なくディズニー映画の曲をメドレーにして弾いていた。どの程度の鍛錬が必要かはわからないが、なにも考えなくてもできる芸当ではないだろう。南しかいないのに、しかもその南はだらだらと自分の話ばかりしていたのに、咲穂は惜しみなく、その技術をたったひとりのために使っていた。

「南、『ショーシャンクの空に』は見た?」

「え、うん。十年以上前だから、うろ覚えだけど」

「わたしもそうなんだけど、主人公が懲罰室に入れられるシーンだけ妙に記憶に残ってるんだ。手足も伸ばせない狭い独房に、しんどい気持ちで押し込められてさ。見るからに苦しそうで、人が死ぬ場面よりそっちのほうが泣きそうだった」

言いながら流れるように始まった曲は、「きみはともだち」だった。

「傷つけたらいけない、意味があるものばっかりに囲まれるって、そんな感じじゃないかなあ。無駄なものも必要なんだよ、たぶん。遊びっていうか伸びしろっていうか」

「う……でもじつはわたし、使わないものはけっこう断捨離する派」

「あはは。たしかにいまそういうの流行ってるよね。でも効率重視するのもけっきょく、そうすると自分が気持ちいいからじゃない」

メドレーが「メリー・ポピンズ」に入った。あ、と思ったのは、幼いころいちばん好きな映画だったからだ。お砂糖がひとさじあれば苦い薬も飲めちゃうの、という陽気な旋律に乗って、咲穂が背を向けているのをいいことに、モップを持ったままその場でくるくると回ってみる。寂しい子供たちにつかのまの夢と魔法の日々を提供し、家族の絆が深まれば黙って去っていく。そんな、高慢で控えめな彼女のことが南は大好きだった。

「ぎっちぎちに詰め込めばいいってもんじゃないよ。バッハのフーガも、ベートーヴェンの運命も、休符から始まるんだし」

華やかなプリンセスたちよりも、不思議な乳母に憧れていた。自分自身がドラマティックな生きざまを見せて大勢の人を翻弄するよりも、つむじ風のようにだれかの前にふいに現れて、わずかでも楽しい時間を与えられる力が欲しかった。

わたしは、苦い薬を飲み下すためのひとさじの砂糖でありたい。だれかの人生にとって、悲劇のヒロインより喜劇の脇役でありたい。

「……ねえねえ、南。おもしろい発声練習があるんだけど、知ってる？　きょうやった、ドレミファソファミレド、のメロディに合わせてね。『わたしはおひめさまー、きさまはめしつかいー』って歌うの」

「なにそれ、うそでしょ！」

「ほーんとほんと。これやると、みんないい顔して歌うんだわ。試してみる？」

しんみりとした「二ペンスを鳩に」をキリのいいところまで弾ききって、咲穂はまた、じゃららららん、と派手にピアノを鳴らした。ドレミファソファミレド、から半音ずつ。つい数時間前にもやったばかりの、発声練習の旋律がまた始まった。

咲ちゃんに会ったよ、と電話口で伝えると、おおー、となんとも言えない相槌が返ってきた。

駅からの帰り道を歩きながら、南は久々の愛莉の声に耳を澄ませる。

『元気そうだった？』

「うん、なんかこざっぱりしてた」

『よかった。大変だったみたいだもんね』

愛莉の口調には、妙な実感がこもっていた。

南はそこではじめて、咲穂が卒業後、サークルの集まりにいっさい顔を出さなかった理由を知らされた。どこまで本当かはわからないけどね、と愛莉は言ったがいずれにせよ、仲間内ではわりあい有名な話らしかった。

「どれくらいの有名度？」

『うーん……たとえがものすごく悪いけど、南たちが別れたときの十倍くらい』

「なるほど」

自分がそれを知らなかったことは、もう、とくにつらくなかった。これで咲穂の教室には行けないな、とぼんやり考えたが、それもショックではなかった。駅の改札で手を振りあったとき、ああいう時間があれ一度きりだと、たぶん彼女もわかっていたのだろう。

『どうしたの、よっぽど楽しかったんだね。わざわざその報告で電話くれるなんて』

「うん、おもしろかった。久しぶりにあんなにふざけたなー。超笑った」

『……声楽のレッスンだったたんだよね？』

「そうだよ。それでさー……」

相手には聞こえないように、小さく息を吸いこんだ。

福岡旅行のことなんだけど――そのあとはまだ決めていない。ありがとう、わたし行くわ。わたしでよければよろしく。ほんとにわたしなんかでいいの？　次々と思い浮かべてから、これではまるでプロポーズに答えているようだとひとりで笑った。

『……よかった』

しばらく待っていた愛莉はなぜか、小さなため息とともにつぶやいた。

「なにが？」

『南が楽しそうにしてて』

その声を聴いたとき、めまいのような既視感が襲ってきた。

――ずっとこうしてふざけてたいな。

花火大会でそうつぶやいた、愛莉の笑顔をまた思い出した。あの日もちょうどきょうのように風のない、しずかな夢のように、やさしい、美しい夜だった。

『で、さっき言いかけたのはなんなの？』

「ああうん、あのさ。福岡って……」

そう切り出しかけたとき、通話中の耳元で甲高いアラーム音が鳴った。

「……あ、キャッチ入った。だれだろ」

いつのまにか、自宅のマンションはあと曲がり角ひとつのところまで迫っていた。愛莉がいたわるようにつぶやく。

『こんな時間まで仕事の電話？　大変だね』

「やばいな、急ぎの校正あったのかもしれない。ごめん、またかけるね」

おやすみ、と言いあって通話を切り、表示された電話番号を確認する。〇九〇から始まるナンバーは、電話帳に登録すらされていないものだった。いまの機種は、前のものを水没させて以来もう五年買い替えていないはずなのに。

いたずら電話だったらぶっ飛ばす。でも、本当に仕事の電話だったらこの時刻はよっぽどのことだ。葛藤を抱えながら放った第一声は、我ながら取り澄ましたものになった。

「もしもし」

返事はない。心なしか、自分の声が受話器から反響して聞こえる気がする。

「もしもし。聞こえますか？」

さっきまでの愛莉とはふつうに話せていた。あちらの通話状況が悪いのだろうか。だが編者であればわざわざこの時刻に、そんな場所から掛けてくるとは考えにくい。

「……もしもーし。いったん切りますけど、構いませんかー」

それに電波の問題なら、さっきからこちらの声だけがクリアに聞こえるのも妙だ。

やっぱりイタ電か、次に返事がなかったら電源ごとぶった切ろう。そう決めてスマートフォ

ンから耳を離しかけたとき、

『――ケイちゃん？』

足が止まったのは、マンションの前へと右折する直前だった。

『久しぶり。わたしだよ、芹奈《せりな》』

いまにも消え入りそうな細い声にもかかわらず、言葉ははっきりと聞き取れた。電話をかけてきた相手は、おそらくかなり静かな場所にいるのだろう。

『急にごめんね。ほかに頼れる人がいなくて』

ふたたび、半ば自動的に歩みを進めながら気づく。その声はもちろん、携帯電話を当てている右耳から聞こえていた。だが空いているはずの左耳も――ごく小さくだが、ほとんど同時におなじ言葉を聞き取っている。

『いまね、ケイちゃんちの前にいるの。もしかして、近くにいるかな』

小学校のころ、そんな怪談が流行ったな。

ふいにそんなことを思い出した。脈絡は忘れたが、たしか自宅にいる主人公に何度もおなじ少女から電話があって、相手はそのたびに近くに迫ってくるというものだった。もしもし、いまあなたのうちの前にいるわ。もしもし、いま、あなたのうしろにいるわ。

『……もしもし。聞こえてるんだよね？』

駐車場の角を曲がりながら、振り向きたくなるのをぐっと堪える。目の前にあるのは現実なのだし、それに怪談話だとしても——うしろを向いてなにもなかったら、ほっと前を向き直したときにこそ、本番が待っているのがお決まりだ。

「ひさしぶり、ケイちゃん」

今度の声は、左耳のほうから聞こえた。

十年以上会っていなくても、見間違えるはずがなかった。奈良美智の描く女の子みたいな前髪と、強い目力。十メートル向こうから川村芹奈の顔が微笑み、ぷつんと右の耳元で通話が切れてもしばらくのあいだ、南は携帯電話を下ろせずにいた。

秋へ　書道と別れ

南が死に物狂いで勉強して受かった高校に、芹奈は危なげなく合格した。入学式には南とおなじ、新品らしい制服を着て現れた。

クラスはちがったが、彼女は休み時間のたび、廊下の端から端まで歩いて南の教室にやってきた。部活も委員会も芸術の選択科目も「ケイちゃんはどうする？」と訊いてきて、けっきょく部活には入らなかったが、委員会と選択科目はおなじになった。

――ごめん、せっちゃん。やっぱクラスの子とも話さないと、ちょっと浮いちゃうっていうか。あんまり、これまでみたいにはしゃべれなくなっちゃうかも。

勇気を出してそう伝えたとき、意外にもすぐうなずかれた。わかった。わたしこそケイちゃんの気持ちも考えずにごめんね。ケイちゃんのクラスにはやさしそうな子が多いから、きっと友達たくさんできるよ。そう言われてほっとしかけたとき、

──ケイちゃんはいいな。うちのクラス中学から友達って子が多くて、もうグループができてて……わたし、ケイちゃんとちがって口下手だし、放課後もすぐ帰らなきゃいけないから。ちょっと、さみしいな。

そのころ流行りだしていたウェブ日記を、共同でつけることを提案したのは南だった。中学のときからやっている子は何人かいたので、意外と楽に開設できることも知っていた。一日おきにつける交換日記のようなものだ。行った場所や食べたもの、クラスメートと話した内容などを詳細に書いていた南に比べ、芹奈の文章は具体的な名称がほとんど出てこない、詩のような散文だった。南が家族で遊びに行ったことや髪型を同級生に褒められたことを書くと、次の日の記事はほぼ「Kちゃんは楽しそうでうらやましいです」から始まる。

しだいに南は、最近読んだ本のことしか書かなくなった。ほどなく芹奈もそれにならい、交換日記はじょじょに濃密な読書記録と化した。ただ正直そのころには、南の興味は小説よりクラスの女子たちが教室の中央あたりの席でめくっている雑誌や、耳を寄せ合って半分ずつつけているイヤホンの中身に向いていていた。

クラスで前の席だった女の子が、南の持っていた文庫を見て「わたしの好きな芸人が好きって言ってた本だ！」と話しかけてきたのは九月になってからだった。それをきっかけに話すようになり、彼女に勧められたお笑い番組を南も毎週見はじめて、気づけば感想をリアルタイムでメールし合う仲にまでなった。彼女はわりとクラスでも友達の多いほうで、おかげで昼休みを過ごす場所にも困らなかった。

芹奈が古語辞典を借りたいといって久々に教室に来たとき、南はダンス部の女の子に手を押さえられて爪にマニキュアを塗られていた。ロッカーにあるから持ってっていいよ、と言った南の手元から、視線はあからさまに逸らされた。

「あれ、九組の川村さんでしょ。あの子、がんばってるよねー。こないだうちの近所のファミレスでバイトしてるの見かけたよ」

走り去る背中を眺めながらだれかがつぶやき、べつの「わたしめっちゃ年上の人と付き合ってるって噂聞いた。バイト先の店長とかだったのかなあ。なんか知ってる？」とこちらに話を振ってきた。南は自分の爪に見入るふりをしながら、知らないなー、と答えた。

「甘い香りやピンクやリボンの似合う女の子は、きっとほんのひと握りなのだろう。」

その夜、芹奈が更新した日記はそんなふうに始まっていた。続きはクリックしなかった。何事もなかったようにカーヴァーの短編集の感想をキーボードに打ちつけていると、きらきら光る指先が視界に入ってきた。薄いピンクのベースコートを塗られつやの出た爪を見ただけでどきどきしていたのに、ダンス部の彼女はそこにさらにビビッドピンクを二回重ねて、乾くのを待ってから星型の銀紙を散らしたトップコートまで塗ってくれた。

ラメがちらつく爪を見ながら考えた。芹奈、意外と「ほんのひと握り」の人間なんていないのかもしれないよ。みんな、ピンクの爪やバーバリーのハンカチで、なんとかままならない人生との折り合いをつけているのかもしれない。

　それまで派手で楽しそうで全員おなじに見えていた女の子たちも、聞けばそれぞれに事情を抱えていた。卒業後は美容専門学校に行きたいのに親がわかってくれない、中学のとき怪我をしてスポーツ選手への道を断たれた、反抗期の弟をなんとかしたいという思いからスクールカウンセラーに興味を持ちはじめた。映画監督を目指していまから一日一本見ているという子もいたし、自分と芹奈だけが知っていると信じていた保坂和志の小説を、読んだことがあるという子もひとりいた。南は自分も含めた同級生たちを、ドラッグストアに並べられた色とりどりのマニキュアのようだと思った。一緒にトイレにいくことにも抵抗がなくなった。

　いつしか芹奈はまったくブログを更新しなくなったが、南は水に石を投げるように読書記録を書きつづけた。惰性や自己表現欲もあったが、いつかは届くかもしれない、という願いもあったと思う。

　ただいま考えればそれは、彼女と向き合うことを避けるための言い訳でしかなかったのかもしれない。伝えなければ、届くわけがなかったのだから。

　冬休み初日、夜中に芹奈から電話がかかってきたとき、南は翌日にクラスの女子たちと電車を乗り継いで静岡まで行き、芸人のライブを見る約束を控えていた。

　――あした、会いたいんだ。一緒に来てほしい場所があるの。

　その切迫した声に、南は聴いていたラジオのボリュームを落とした。

——こんなこと、ケイちゃんにしか頼めないの。お願い。

——ごめんね。きょうからしばらく、田舎のおばあちゃんちにいるから。

べつの日を提案することはなかった。芹奈から切り出してくると予想していたからだ。でも、そうはならなかった。

翌日、朝早く駅に集合して乗り込んだ電車で、ボックスシートに六人差し向かいになりながら静岡に向かった。南に本のことで話しかけてきた友達が似たような趣味の友達を誘ったらしく、部活や委員会が彼女と一緒だという他クラスの子がふたりいた。その中のひとりがたまたま南とおなじ小学校だったことが途中で判明し、「何組だった？」と訊くとまるで宝くじの番号のように「一二二二三二だよー」と返事があった。

「わたし二三一一一三。六年いてまったく被らないってすごいね」

「そうだねえ。でも、二年と三年のときは川村さんとおなじクラスだったよ」

その子は無邪気にそう答えた。母校あるあるの交換になった流れで南が「校舎裏にすごい汚い池があったよね、何年か前に人が沈められたって噂の」となにげなく言うと、彼女はラルフローレンのマフラーを巻いた首をかしげてつぶやいた。

「たしかに池はあったけど、そんな話、初耳だよ？」

九組の川村芹奈が自殺未遂をしたというまことしやかな噂を南が知ったのは、新学期が始まってしばらくしてからのことだった。

小さいころから、大人に教えられてきた。想像力は大事。人の気持ちになって考えなさい。ご飯を残しちゃいけません、世の中には満足に食事もできない人がたくさんいるから。勉強はさぼっちゃいけません、世の中には学校に通えない子供がたくさんいるから。不幸を嘆いちゃいけません、世の中にはあなたより不幸な人がいるから。はじめは素直に聞いていても、しだいに反抗心が芽生えてくる。

その「あなたより不幸な人」って、いったいだれのことですか？

南の場合、答えは常にとなりにあった。

「きれいなところだね。家賃とか、高そう」

「そうでもないよ。けっこう長く住んでるし」

「あの植物はだれかからのおみやげ？」

「……なんでわかったの」

「だってケイちゃんの趣味じゃないもの」

ずっと会っていなかった相手に断言されて、急激に自分の十二年間に自信がなくなった。

芹奈はパソコンチェアに座って、おもちゃにじゃれつく猫のような目でテレビ台のパキラを見ている。足元にはくたびれた盲導犬のようなボストンバッグをひとつ。たったそれだけの、観葉植物とおなじくらい邪魔にならない佇まいがむしろ落ち着かない。

「なにか飲む?」

しかたがないので立ったまま訊くと、気にしないで、と首を振られた。

エアコンをつけていない部屋は蒸し暑い。南はブラウスの下で汗をかいているのに、芹奈はさっきから、長袖のパーカーの前をぴっちりと閉めて着たままだった。脱いだらどうか、とはなんとなく訊けなかった。穿いているのも足首まで隠すロングスカートだ。

「ごめんねケイちゃん、急に押しかけて」

「いつ東京に来たの?」

「けさ、新宿着のバスで。やっぱりすごいね、こっちはなんでも華やかで。バスターミナルまでドラマみたいにきれいでびっくりした。ケイちゃんが東京の大学に行きたがってた気持ちがよくわかったよ」

なんでも華やかでドラマみたいにきれいだから上京したがったと。そうでない場所に用はなかったのだろうと。そんなんじゃないよ、と言ったら「うん」と返されたが、なにを納得してもらえたのかはわからない。

「よく、わたしの住所がわかったね」

「ケイちゃんのおばさんに電話したの。わたしのこと覚えててくれて、いろいろ大変だったでしょうけど元気そうでなによりだわ、って。相変わらず、いいお母さんだね」

ああ、とため息をついたのを、芹奈は感慨だと誤解したらしい。

交友関係から食の好みに至るまで、母の記憶は娘が高校生のころで止まっている。南が上書きしなかったのだから当然だ。たしか昨年末に帰ったときも「芹奈ちゃんは元気？」と訊かれ、知らないよ会ってないもん、といらだちまぎれにごまかした。

沈黙が落ち着かないようで、芹奈は机の脇のブックワゴンから一冊ずつ取っては戻しはじめた。執筆のときよく使う本や辞書を入れている場所だ。その拍子に腕がひっかかったらしく、上から二番目、紙がはみだしていた引き出しが半開きになった。仕事関係者の名刺や届いたダイレクトメール、確定申告用の領収書のたぐいが雑多にしまわれたそこを、芹奈はまばたき三回ぶん見つめて言った。

「ケイちゃん、ライターやってるんだってね。忙しそうだね」

「そうでもないよ」

「いいなあ、夢をかなえられて。お嫁さんより、テレビドラマみたいにばりばり働く女の人になりたいって、ケイちゃんはむかしから言ってたもんね」

十年以上前に交わしたという夢の話を、詳細に記憶しているらしい芹奈と忘れた自分ではどちらが人として正しいのだろう。忘れたことはそればかりではなかった。芹奈の家庭の事情は本人からも打ち明けられていたはずなのに、ドラマみたいだ、とぼんやり口を開けて聞いていたこと以外はほとんど覚えていない。きっとキョゲンヘキだよ、だって映画にそっくりな設定のやつあったもん、と口さがなく噂していた女子もいたが、ただの虚言癖で大人があそこまで心配するかどうか。

「あの子、あなたの友達なんでしょう?」

先生もクラスメートたちも、そう南に詰め寄った。

友達ってなんだろう、どこまでしてあげるべきなのだろう。肉親でもなく、教師と生徒でもなく、先輩後輩でもなく、上司と部下でもなく、同僚でもなく、師弟関係でもなく、ましてや恋人や愛人でもなく。名前のつく関係すべてからこぼれ落ちた部分を受け止め、フォローしてやるのがおまえの仕事だと、四方八方から責められている気分だった。それが友達という関係なら、自分にはとても背負いきれない。もともと東京の大学をめざしていたことは、それまでの人間関係から逃れる手段としても具合がよかった。

自殺未遂の噂の真偽すら、まともに確かめないまま月日が経った。十年以上前のことさえ曖昧なのだから、いまの状況なんてわかりようがない。

「……いつまでいるの?」

「わからないんだー。すぐ帰ったら死ぬかもしれないし」

死ぬ、という言葉がさらりと出ても驚けなかった。それなのに、芹奈はすぐ「ごめんね、怖がらせて」と付け加えた。

「迷惑はかけないから、しばらくいさせてもらえないかな。あっちでお世話になってたカウンセラーの先生がいま東京にいるの。いろいろ相談に乗ってもらおうと思って、だからその人と連絡がつくまで」

もちろんケイちゃんはなにもしなくていいの、床で寝るし、お金も入れる、嫌じゃなければ家事だって手伝う、とひたむきに続けられた。身を乗り出した拍子に前髪が乱れる。

たしか、彼女の誕生日は春だった。三十を迎えた同級生が相変わらず幼稚園児みたいに短い髪をしていること、蹴られつづけた子犬のようにこちらの機嫌をとってくること、そして、それがべつに不自然ではないことに悲しくなる。目を逸らすとまた、もらいもののパキラが視界に入った。思い出したときに構ってやればいいと言われ、現にそのとおりで、それでも受け取るときに荷が重いと感じたのが自分という女なのだ。

「あー……家事とかはいいんだけど、わたしも仕事が不規則だからさ、ホテルとかに泊まったほうがむしろ気楽かもしれないよ。なんていうか、取材とか多くて留守がちだし」

「どこも覗かないし、なにも盗まないよ」

「だれもそんなこと言ってないよ！」

思わず、語気が強くなった。芹奈は一瞬目を見開き、そのあときゅっとそれを細めて、まるで南のほうを憐れむような表情を作った。

「ケイちゃん、一緒に通ってたお習字教室のこと、覚えてるでしょ」

「……ああ、あの、おっかない先生がいた」

「あそこってお月謝を払うとき、月謝袋をおせんべいの空き箱に入れるルールだったじゃない。

先生が机に置いてた、あの大きな銀の」

「そうだっけ」

芹奈は本当に記憶力がいい。南はいままで、あの箱は生徒の頭を叩いて鐘の音を立てる、ただそのためだけにあると思い込んでいた。親から預かったお金の行く末なんて、たぶん当時からまったく気に留めていなかった。

「一度、夕方に大きい地震があってね。みんな大騒ぎになって、わーわー言いながら外に出て、危ないからってそのまま帰らされた。そのあと先生が見てみたら、その日に月謝を払った子のぶんが封筒から抜かれてたんだって。それで次の週、わたしがみんなの前で呼ばれたの。ケイちゃんそういう気持ちってわかる?」

芹奈は小さなパソコンチェアに三角座りをして、こちらを上目遣いに見た。幼い仕草に不釣り合いな、達観した表情、光のない大きな黒目。なにかに似ていると気づいてすぐ、それが『DEATH NOTE』のLだと思い至る。とっさに口に出したくてうずうずしたが、いまはとてもそんな状況ではない。こんなときにまで冗談の種を探そうとする、自分の軽薄さが呪わしかった。

でも、これが愛莉なら絶対に言ってるな。たとえあいつが人を殺して、あいつのうちの近くのあの、巨大な拘置所から逃げだしてきたところでも。

なんの根拠もなく、ふいにそんな、物騒な妄想をした。

「ごめん、わからない。それ、いつのこと?」

「ケイちゃんが小五の九月でやめて、そのちょっとあと。わたし、中学卒業するまであそこに通ってたって言ったじゃない。おかげで、正座にはいまでも強いんだよ」

誇らしげに微笑んでから、芹奈は急に立ち上がった。

「ちょっとお手洗い借りるね」

彼女が横をすり抜けていったあとも、南はその場に立っていた。パソコンデスクの上の時計を見ると、日付が変わりかけている。愛莉に電話をかけ直しそびれたことをやっと思い出したが、もうなにを言ったらいいかわからない。

その脇にはいつのまにか、小さなガラス瓶が置いてあった。妙に天井灯を反射して光るそれは、よく見るとただの空き瓶ではなかった。中にミニチュアの建物と雪に見立てた銀紙を入れた、いわゆるスノードームだ。

芹奈が持ってきたらしい。どうして荷物からそれだけを出して、しかもそこに置いたのだろう。一般的な丸型のものではなく、ジャムの瓶でできている。中身はクリスマスがモチーフのようで、窓から光の漏れる一軒家と、家とおなじくらいの高さのモミの木が入っている。ツリーのふもとにはプレゼントが山になっていて、そのほとんどがリボンのかかった本だった。

下に積もった雪が舞えば、きっとますます灯りのあたたかみが際立つだろう。ひっくり返そうとなにげなく手にとりかけて、

『お嫁さんよりばりばり働く女の人になりたいって、ケイちゃんは言ってたよ』

感電したように手を引っこめた。

胸の奥がじわじわと重くなってくる。お嫁さん、というフレーズは、当時の自分のボキャブラリーにあったものではない気がする。きっと自分が『お嫁さんより働く女の人になる』と話していたときの芹奈は、さっきとおなじように目を細めていたんだろう。彼女はいまでもこういう家を求めているんだろうか。まるで物語に出てくるような。どこかにありそうで、どこにもなさそうな。

ドームに触れないようにしながら、机の前に座った。さっき見られていた引き出しをまた開ける。しばらく整理していないせいで見るからに混沌としていて、きのう受け取った郵便も開封すらせず放り込んであった。そのまま閉めようとして、ふと手を止める。

ほとんど白黒で埋め尽くされた郵便物の中に、ぽつんと目立つ色が見えた。


「ごめん遅れて。うちにスマホ忘れて連絡できなくてさ」

「ううん、それはいいけど。もしかしなくても寝坊したでしょ」

「……わかる?」

「みーちゃん、とりあえず眉だけ描いて帽子で顔隠してきました感がすごいよ」

帽子とると前髪全開だから余計に、と補足して、まりちーはけたけたと笑った。夏場の彼女は細身のデニムではなく、ゆったりとしたオールインワンにグレーのパーカーを羽織っている。

「名推理ー。ひょっとして金田一少年？」

「あー、亀梨君がドラマやってたやつね」

うそだろ、堂本剛とは言わないまでも松潤ですらないのかと愕然とする。そのうちおなじ台詞に「Hey! Say! JUMPの山田君がやってたやつね」と返される時代が来るのか。

一年弱ぶりに訪れたクッキングスタジオは、前回に比べてすっかり片付いていた。作業用のテーブルはまだあるが、パン用の大きな保温器もキッチンカウンターに置かれたデミタスマシンもないので妙にがらんとして見える。それでも「まあお座りよ」と座らされて五分足らずで、涼しげな寸胴のグラスが差し出された。ソルティドッグのようにぐるりと縁を白い粉で囲み、コーヒーらしい色だが輪切りのライムが大量に入れてある。

「なあに、これ」

「ギリシャ風アイスコーヒー」

「へー。ベトナム風は聞いたことあるけど、それは知らなかった」

「評判よければ店にも出す予定なんだー」

「お店やるんだね」

「うん。マリがっていうか友達がね、地元でカフェやってて、その手伝い」

倉沢万里、という差出人の名前を見たとき、一瞬だれだかわからなかった。根拠もないのに、まりちーのリの字は「梨」だと思い込んでいたのだ。残暑見舞いのハガキは、引っ越しのため料理教室をたたむことになりました、という連絡を兼ねたものだった。

ぜひそれまでに一度おいでください、という誘いと簡単な地図が三分の一ほどを使って印字してあり、残り三分の二を使って大きく筆で「涼」という字が書かれていた。なにかと身辺がばたついていてまとまった時間はとれないがせめてあいさつに行きたい、という申し出はぶしつけかもしれないと思ったが、まりちーはラインで既読をつけた直後にサンリオのスタンプを大量連打して快く応じてくれた。

「試作中だけど、よければ感想聞かせてー」

ファミレスのコーヒーに間違えてポーションのレモン汁を入れてしまい、もったいないからそのまま飲んで地獄を見た大学時代を思い出す。あのなんとも言えない不快感は経験者にしかわかるまい。おそるおそる、口をつけてみる。

「……あ、おいしい」

「ほんと？　よかった」

「これ、すごいわ。まりちー、さすがだね」

えっへっへ、とそのまま顔文字にできそうな表情でまりちーは腰に手を当て、

「みーちゃん、はじめてまりちーって呼んだー」

当たり前のように言われ、ぎょっとしてグラスの中身をこぼしそうになった。いたたまれな

くて「夏にうってつけだね、酸味と甘みのバランスが絶妙だし、甘ったるくないから喉越しもすっきりしてて疲れにききそう、レモンじゃなくライムってとこもいいアクセントだし」と料理マンガのごとく長台詞で褒めてしまう。

「お店で出すなら行きたいな。地元どこ？」

「茨城。牛久って知ってる？　怪獣みたいにでっかい大仏しかないとこ」

「あ、大学時代に自転車で行ったことあるよ。そっか、あの辺か……」

「コーヒー一杯には遠いよねー。もっとも仕事は体調見ながらかな」

「体調？」

「妊娠したから。いま二か月め。入籍はあっちでする予定だけど、もうちょっとしたらつわりは始まるし鼻も舌も変わるみたいだから、いまのうちに面倒なことやっちゃおうって必死ですよ。レシピ開発したり引っ越ししたりね」

あまりの展開の速さに、おめでとう、とつぶやくのが精いっぱいだった。

思わず内心ぼやいてしまう。まりちー、何度ジェネレーションギャップを感じさせてくれるんだ。わたしの生きた三十年なんて、この子の人生に換算すれば十日ぶんぐらいの濃度かもしれない。

「そんなにすぐわかるんだ。まだ男か女かまではわからないよね、さすがに」

「うん。でも、できれば男がいいなー」

「へえ、意外。なんで？」

「男の子は顔よくなくても仕事できればなんとか生きてけるけど、女の子はかわいく生まれないとキツいからかわいそうかなーって。でもそう言ったら親に超キレられたよ。そんなのマリじゃなくて、そう思わせるほうに怒ってほしいよね？」

ぷう、と風船ガムをふくらませるような顔で、まりちーは無邪気に言った。そうだね、とだけ答えて、南はアクセスを確かめがてら持ってきていたハガキに視線を落とした。

「……それにしても、この残暑見舞いかわいいね。どっかで買ったの？」

「ほんとー？　ありがとー！」

コーヒーを褒めたときの数倍のテンションに呆気にとられていると、

「マリが書いたんだー。サインあるでしょ」

ほら、と指さされた先、ハガキの端にはたしかによく見ると、鉛筆でMariと丸文字の署名があって目を疑った。薄い墨で書かれた流れるような草書体の「涼」は実際にそよ風を感じさせる気持ちのよさで、そのまわりには点々と、風に飛び散る雨粒を模したような色とりどりの水玉模様が散らしてある。たしかにややいびつな部分もあるとはいえ、それだって「言われてみれば」という後付けかもしれない。

「うっそ、すごい。てっきり売り物かと思った」

うれしーい、と叫ぶやいなやまりちーは立ち上がり、

「じゃーん！　見て見て。これもこれも、マリが作ったの」

あっというまにテーブルをいっぱいにした。半紙に書かれた本格的な習字はもちろん、台紙を貼りつけたうちわ、お年玉袋、ご祝儀袋、箸袋、ポストカード。額縁に飾られた色紙の中では、かわいらしい葉とつぼみを書き足した『花』の文字が踊っている。

「むかしから書道やってたの？」

「ううん、ここ一年くらい、親戚のおばさんが行ってたお習字教室に参加してたんだ」

習字教室、という言葉を聞いたとき、くすんだ墨や半紙のにおいが鼻の奥でよみがえった。なにげない顔で「へえ、そうなんだ」と相槌を打ちながら、我知らずテーブルの下で両ひざを伸ばしてしまう。

「教室って言っても、下北のキッチンスペースでやってるワークショップだけどね。すごいんだよー、筆に水だけつけて書くと文字が浮かんで乾かすと消える練習用の紙とか、墨に混ぜて色つけたりラメ入れたりする染料とか、いろいろあって超おもしろいの」

「へー、いいなあ。わたし小学生のころに習字教室通ってたけど、ぜんぜんそんなおしゃれじゃなかったよ。先生が超おっかなくて、なにかあるとせんべいの箱で殴られるの」

「せんべいって！」

なにがツボなのか、向かい側でまりちーはのけぞって笑った。おい、と一瞬思ってから考え直す。そういえば彼女がかつて受けた仕打ちは、たぶんそれどころではない。

「マナーにも習字そのものにも厳しくてね。一度、直しのためにちょっと墨をあとから足して提出したことがあるんだけど、一瞬でバレてめっちゃ怒られたもん。筆の芯の一本は命毛というほど大事です、それをあとから塗りつぶすなど、あなたはこの書を殺したも同然ですってえんえんと説かれて、ほんとに人殺した気分で泣いて帰った」

「うっわ、つらぁ。エグいね」

「わたしはすぐ辞めちゃったけど、友達は貧乏だって理由で月謝ドロボーの疑いかけられたらしくてさぁ、それでも六年以上通ったんだって。なんでなんだか」

「あー、ヤバいちょっとわかる。そこにどっぷりだと『そんなのおかしい』って言ってもらわないと気づけないし、言われたところでそれまで必死にやってきた自分を否定されるみたいで受け入れられないんだよねー」

しみじみとつぶやかれて、また絶句した。

そういえばあの習字教室のことを、南はだれにも話したことがない。辞めてからは親に対してさえ言及しなかった。体験記の連載についての相談中、編集者から「南さんは子供のころ、なにか習い事をやっていましたか」と訊かれたときもはぐらかした。ものになってないんだから、やっていなかったことと一緒だと自分に言い聞かせて。

「まりちーはそういうとき、どうした？」

「やっぱり最後は友達頼みかな。一緒にカフェやる子もそのひとり。何回もキレられたりこっちもキレ返したりしたけど、それでもずっと心配してくれてさー。カレシと旅行してたのにトンボ返りしてきて、部屋から引きずり出してかくまってくれたこともあるよ」

あっけらかんと返されて、そうだよね、と思わず肩を落とした。

「なにが『そうだよね』なの？」

「友達って、そういうもんだよね。ピンチだったらなにをおいてもそばにいるっていう。助け求めてる友達より目先の楽しみを優先するなんて、やっぱ、人としてどうかしてるよね」

「うーん……でもみーちゃん、べつにマリもその子も『そういうもんだから』そうしたわけじゃないと思うよ？」

ひよこんと語尾を上げながら、まりちーはあっさりと言った。

「だって『友達ってそうしなきゃいけないもんだから』その子がカレシほっぽって夜行で助けにきたとしたら、マリ、ふざけんな帰れーってガチギレしたと思うもん」

「……そうなの？」

「うん。みーちゃんも、そうじゃない？」

それまで「友達」という言葉が出るたびに、南は芹奈の顔を思い浮かべていた。

それなのにいま空想の中で、ヒーロー気取りでさっそうと部屋に現れた南を蹴り倒し、ふざけんな帰れ、と顔を踏んづけて怒鳴っているのはなぜか、そんな言葉遣いをいままでしたことのない、これからだってしそうにない愛莉の顔だった。

「あ、氷溶けてきちゃったよ。作り直そうか」

ふいにまりちーが南の手元のグラスを指さした。あわてて首を振ってストローをくわえる。ライムの酸味がさっきよりも強く、じわりと喉や鼻の奥に染みた。

「……まりちー、図々しいお願いなんだけどさ。そのご祝儀袋、買うことできる?」

「え、いいよお、いっぱいあるからそんなのタダであげるよ。でもまだヘタだから、けっこうアラあるよ?」

「いいの。近いうちに友達が結婚するから、それでご祝儀あげたいなって」

「へー! わかった。習字教室の子?」

「ううん、べつの子」

「そっか。おめでとうって伝えてね」

まりちーは機嫌よく言って、空いたグラスを片付けるために立ち上がった。

「その習字教室、わたしも参加しようかな」

「うん。楽しいよー。お友達も誘ってみなよ」

友達、がどちらを指しているのかはわからなかったが、素直にうなずいておいた。

帰りぎわ、玄関でハート柄のご祝儀袋と一緒にまりちーが持たせてくれたのは、ワークショップをやっているという書道家の名刺と、草花模様の包装紙に「こころばかり」と細い筆で書かれた小さな箱だった。

「ありがとう。中身はお菓子？」

「うん、プラリネチョコ。なんか海の生き物っぽいけど、ちゃんとお菓子だよ」

「……いや、そもそもその発想が出なかったわ。それってプランクトンとクリオネのこと？」

「あーそっか、それだわー。よくすぐに名前出てきたね、みーちゃんやっぱ頭いいね」

断じてそんなことはない、と首を横に振ってから訊ねた。

「そういえばプラリネって、正確にはどういう意味なの？」

「もとはお菓子っていうか製法の名前でねー。こう、ヘーゼルナッツとかアーモンドとか、木の実を甘く煮詰めた砂糖でくるむの。子供が薬とか飲みやすくするための甘いオブラートってあるじゃん？　ああいう感じ」

「……へえ」

「考えた人、薬屋さんだったんだって。チョコってもとは薬だったから。そういうとこから来てるのかもーって、べつにそんなことだれも言ってないけど。いまマリちょー適当なこと言ってるから真に受けないでね」

「いや真に受けるわ」

心から答えると、「冗談だと思われたらしく受け流された。まりちー、やっぱりあんたわたしより絶対頭いいよ、頭いいってどういうことか知らないけど。そう伝える代わりに「元気でね」とだけ告げると「みーちゃんもね」と笑い返されて、もうそのあだ名で呼ばれることもないのだと思うと、まだなにか言い足りていないことがある気がした。

「コーヒー飲みに行くから、連絡してね」

ドアの閉まる直前、なんとかそのひとことを滑り込ませることができた。

おっけー、と指で丸印を作ったまりちーの笑顔は、一瞬後にがちゃんと音を立てて見えなくなった。電車を見送るようにしばらくそこに立って、南はほっとため息をついた。


鍵を回し、ドアを開ける。明かりがついていることは、外から見てもうわかっていた。

やはり芹奈は部屋にいて、テレビの報道番組を見ていた。ローテーブル越しにテレビから二メートルほど距離をあけて座り、ひざを抱えて小さくなっている。目が悪くなるからテレビは離れて見なさい、と大人に叱られたばかりの子供のようだった。

「お帰り、ケイちゃん。朝の予定には間に合った？」

「うん。バタバタしててごめん」

お疲れさま、と微笑みながら、芹奈が立ち上がる。ローテーブルの上には、取り込んでたたまれたタオルや靴下が積んであった。いつも浴室乾燥している下着はそこにない。

「座ってていいよ」

「ううん、ちょうどお手洗いに行きたいから」

一週間経っても、芹奈は相変わらず礼儀正しい同居人だった。水まわりをびしょびしょにすることも、トイレットペーパーやマヨネーズを浪費することもない。留守中にエアコンの電源を消されたときも、夏はつけっぱなしにするほうが電気代が安いと説明したら納得して「光熱費もちゃんと出すよ」と理解のあることを言った。

急に転がりこんできた居候、とインターネットで検索すれば、フィクションかと疑うようなひどいエピソードはいくらでも出てくる。芹奈はそんな中でじつに優秀だった。無駄遣いせずむしろもっと払うといって聞かないし、感謝も謝罪も惜しみなく、家事もなにか手伝うことはないかと確認してから控えめに実行に移す。「洗濯ものの畳みかたって、これでいい？」「よければ晩ごはん作っておこうか。残しておいたほうがいい食材はあるかな」――巷にあふれているらしい、ダメな配偶者や恋人よりよっぽど優秀だ。

予習してきたように、というのは穿ちすぎなのだろう。ただ、部屋の隅で可能なかぎり小さくたたまれた客用布団を見ると、こちらのほうが首輪でもはめられたように息苦しくなる。最初の夜、芹奈は真っ先に「貴重品の管理はしっかりしたほうがいいよ」と告げた。金目のものは自分から遠ざけろと、みずから忠告する気分はどんなだろう。

南はテレビをつけたまま、パソコンデスクに鞄を置いて座った。隅に置かれたままのスノードームからやはり目を逸らし、置きっぱなしにしていたスマートフォンを手にとる。

忘れたことには途中で気がついていたが、思い出したときには引き返せない時刻だった。不在着信の履歴はない。ラインのほうにも新規メッセージはない。ほっとしているあいだにスリープモードだったパソコンの起動も完了し、デスクトップで、こちらにもインストールしているラインアプリが自動で立ち上がる。

なにも考えずにウィンドウを消そうとして、ふと気づいた。

「これから仕事？　大変だね。コーヒー入れようか」

戻ってくるなり台所に直行した芹奈に、背を向けたまま訊ねた。

「ねえ、もしかしてさ。わたしがいないあいだに、連絡あったりしたかな」

「ううん。ごめん、気づかなくて。もしかして大事な用だったの？」

「いや、スマホで受信してないラインが、パソコンには残ってたから」

ぱちん、とポットのスイッチを入れる音がした。

ふたりぶんのお湯が沸くまではあっというまだ。たちまち、しゅうううう、という音が部屋に響きだす。芹奈はインスタントコーヒーやカップを戸棚から出しているらしい。かちゃかちゃという物音のあいまに返事があった。

「……パソコン？」

「うん。最近、データのやり取りまでラインでする人もいるから、どっちにもインストールしてあるんだ。だから両方でおなじ内容が読めるんだけど……スマホになかった友達からの連絡が、こっちには残ってるみたいなんだよね」

『きょう、そっちのほうに出張があってそのまま直帰なんだ。よかったらごはんでも食べない？　なんか忙しそうだから無理のない範囲で。心配しとるよー』

『おーい。大丈夫？　こっち、夕方には終わりそうなんだけど、どうかね？』

それぞれ朝と昼休みに送ったのだろう、愛莉からはそう連絡が来ていた。

芹奈がどうするかわからないので、旅行の返事は保留にしてある。電話を切ったきり改めなかったことを謝罪して『旅行のこと、ちょっと仕事の見通しがつかないからまた連絡する』と送ると『了解！　体に気をつけてねー』と見たことのない猫のスタンプが返ってきた。携帯のほうのタイムラインは、先週届いたそのやり取りで終わっている。

「不具合、かなあ。でも、既読がついてたんだよね」

しゅううう、と、ポットの音が大きくなる。

「ほら、ラインってメッセージを消しても端末内だけのことで、データは残るじゃない？　こういうことってどっちかだけ消したんじゃないかぎり、ないんだけど、な……」

スマートフォンを持ったままの手を、だらりと落とす。けっきょくのところ、こういうのは沈黙に耐えかねたほうの負けだ。

「ねえ。もしかしてわたしのライン見て、しかもメッセージ消した？」

ぱちん。

ポットのスイッチが、自動で切れる音がした。

次いで、ごぼごぼと激しく沸き立つお湯の音、それをカップに注ぐ水音。テレビでは、どこかの河で女性の水死体が見つかったと伝えていた。警察は殺人事件とみて捜査をしているが、損傷が激しく、まだ身元は特定できていないらしい。

肝腎なことだけが、聞こえてこない。部屋に背を向けたまま、南はまた、むかし聞いたあの話を思い出す。

もしもし、わたしいま、あなたのうしろにいるわ。

ふいに聞こえた足音に、思わず振り向いた。

芹奈は南の背後、想像していたよりは近い位置に、カップをふたつ持って立っていた。より厚手で大振りのほうを、はい、とこちらに差し出してくる。南が固まっているとそのまま向きを変え、カップをふたつともローテーブルに置いた。

「旅行するんだね、その友達と。落語を見に」

芹奈はフローリングの床に苦もなく正座しながら、小さいほうのカップを両手で包んだ。

「ケイちゃん、そういうの好きだったもんね。芸人さんの舞台とか」

これ以上、彼女を見ていたくなかった。ただ、向き直ってパソコンをまた目にしたくもなかった。メリーさんからの電話が切れたばかりの怪談の主人公のように、南はスマホを持ったまま硬直していた。

「楽しいこととか、明るいことだけを求めて生きていられたら、きっと人生がすごくいいものに感じるんだろうね。その人とか、ケイちゃんの高校の友達みたいに。そういえば、いまでもあの子たちとは連絡とってるの？」

「ううん」

「そっか。……やっぱり、夏にホットは熱いね」

ふーっ、と子供じみたしぐさでカップに息を吹きかけ、芹奈はやっと南を見た。

「言ったじゃない、貴重品の管理はしっかりねって。そういうふうにしか生きてこられなかった人間なんだよ、わたし。ケイちゃん、そういうの想像できる？」

とっさに立ち上がると、芹奈は苦笑して「どこも覗いてないし、なにも盗んでないよ」とつぶやいた。初日に聞いたのとおなじ言葉に、だれもそんなこと言ってない、とはもう返せなかった。そのことに彼女のほうが、なぜか勝ち誇った顔をした。

「ケイちゃんはわたしになにも訊かなかったよね、むかしから。それはそうだよね、聞いても絶対おもしろくないもん。でも、わたし、ケイちゃんが望むような楽しいことはなにも言えないから。しかたないなって思ってたの。ずっとね」

ずうっと、と伸ばしてみせたその響きは、髪の毛にくっついたガムのように粘っこかった。

芹奈は青ざめる南に対し、いつもの悟ったようなそれではない、子供みたいに無邪気な笑顔を浮かべた。実際に子供だったころでさえ、見せたことのない表情だった。

ふいに手の中でスマホが震えた。

「ごめん、電話だ」

とっさに芹奈に背を向け、液晶も確認せず通話ボタンを押した。ノータイムでつながったせいか、うわっ、とうろたえた声がする。それを聞いて今度は南のほうがうろたえた。

「愛莉？」

『うん。えっと……いま南んちの近くにいるけど、要るものある？』

おまえまでメリーさんみたいなこと言うなよ、と理不尽に叫びたくなってから、やっと内容が頭に入ってきた。

「えっ」

『ああ、やっぱ迷惑だったかな。でもなんか……あ、部屋には入れなくていいよ、わたしも彼氏が抜き打ちで看病に来るとか萌えないほうだし。ただちょっと』

「えっと、ごめん、ちょっとどういう」

言いかけた矢先、いきなり背中に覆いかぶさられた。

振り払う暇もなく、芹奈は南に抱きついてスマホを奪い取った。棒のような体にさほど強い力があるとも思えないが、予測もしない方向からこられて抵抗できなかった。ひったくりの被害者に世間はもっと同情するべきだと痛感する南の眼前で、芹奈は躊躇なく通話を切り、自分の背中に手を回してスマホを南の視界から隠してしまった。理不尽に奪われたお気に入りのおもちゃを、必死で取り返す子供のような切実さだった。

「旅行に誘ってくれた友達？」

「……なんでわかるの」

名推理は、聞かせてもらえなかった。気圧が変わりそうな沈黙の中、南はなぜか、眉だけ描いた顔を見て「寝坊したでしょ」と言い当てた得意げな表情を、すがるように思い出していた。心の中で呼びかける。まりちー、わたしは名探偵にはなれないよ、せいぜい水死体Aだよ。

位置について、よーい、どん。

南は小学校の運動会で鳴らされる、あのピストルの音を聞くのが好きだった。

引き金をひくのはおおかた、ふだんは銃が出てくるようなドラマやゲームに眉をひそめている先生たちだった。まずそのことにドキドキしたし、鳴らしかたに個性があるのもおもしろかった。よーい、から、どん、までがすぐ訪れる場合もあれば、やたら「溜め」を作って走者をじりじりさせる人もいた。いつか自分もあれを鳴らしたい、というのが、当時のささやかな夢だった。あのピストルを持ってスタートラインの横に立ち、待ち構える選手たちやレースの始まりを待つ観客たちをじらしたあげく、最高潮のタイミングで引き金をひいてみたい。どんなにか気分がいいことだろう。

芹奈はあの音が苦手だった。鼓膜が破れることを本気で心配し、あれを聞くと耳が痛くなると話しているだけで涙目になった。それが嘘ではない証拠に、自分が走る番になるといつも、肩で耳を隠すような姿勢でびくびくと銃声に備えていた。それでも音が鳴るときには必ず身をすくませてしまい、走りだすのが人より一拍遅れた。

だからこの勝負は、最初から南に分があったのだ。

エントランスではなく玄関のインターフォンが鳴ったとき、芹奈が一瞬だけ動きを止めたあいだにもう、南は彼女の横をすり抜けて玄関にたどり着いていた。

「うわ、なになに？　あれ、元気そうじゃん南。心配したのに」

「愛莉」

「とりあえず、冷蔵庫使うね。いろいろ買ってきたけど何なら食べられる？」

スーパーのビニール袋を提げた愛莉は、めずらしくいかにも公務員らしい服装だった。出張帰りというのは本当らしい。グレーのスカートスーツにワイシャツ、髪は黒いバレッタでまとめ、それと仕事用らしいシンプルな腕時計以外、装飾品はつけていない。重たげな書類鞄を抱え、黒い五センチヒールの靴を脱いだ足はストッキングに覆われている。肩の凝るスーツも襟つきのシャツも半端な高さのパンプスもストッキングも、ふだんの愛莉が苦手としそうなものだ。足の爪先から透けて見えるペディキュアのピンクだけが、かろうじて南にもなじみのあるいつもの面影をとどめていた。

「ねー南、聞いてる？　具合悪いとは聞いたけど詳しくわからなかったから、とりあえず思いつくもの持ってきたんだけ、ど……」

南を押しのけるように中に入りながら顔を上げ、愛莉は言葉を切った。

表情も声もブラックホールに吸い込まれてしまったような、不穏で急激な黙りかただった。

その視線を追って南が振り向いた先にはもちろん、廊下に出てきた芹奈がいた。

「……こんばんは」

「さっきはどうも」

あっさりとそう言って、芹奈は南に微笑みかけた。

「いい子だね。心配して、わざわざ来てくれたんだよ」

喧嘩の場に先生を呼んできた子供のような、自慢げな口調だった。

愛莉はなにも言わず、ほとんど仁王立ちしながら芹奈を凝視している。彼女の性格上、近くにいるならあんなふうに電話が切れたあと、そのまま帰るわけがない。そこまでは南にも想像できた。だが、初対面のはずのこのふたりがなぜ本妻と愛人のような雰囲気で睨みあっているのか、なぜ愛莉がめずらしくあからさまに険悪な空気を出しているのか、なぜ芹奈が愛莉の電話や来訪をアルカイックな笑顔のまま拒否するのか、それはさっぱりわからない。そして愛莉も芹奈も、説明を聞かせてくれる様子はない。

つくづく情けなくなった。やっぱり自分は、金田一少年には程遠いらしい。

「オートロックはどうしたんですか？」

「暗証番号がありますので」

「そんなの人に教えちゃダメじゃない、ケイちゃん」

母親のように叱ってから、芹奈は音を立てずに「……あ、そうか」と手を合わせた。

「でも心配ないか。その子、ケイちゃんとおんなじなんだね」

「おなじ？」

「ケイちゃん、わたしには暗証番号どころか合鍵も渡してくれませんでしたよ。わたしがここに来て、もう一週間くらいになるのに」

なぜか自慢げに宣言してからは、芹奈は愛莉に目もくれなくなった。一歩踏み出そうとする愛莉を南はとっさに背中に隠し、にこやかなまなざしを直接顔に受けた。

「ごめん。鍵のこと、気づかなかった」

「ううん。ケイちゃんはわたしのこと、自分と『違う』って思ってるんだよ。しかたないよね、わたし、こんな生活してる人間だもん。理解ができないよね」

「ねえ待って、聞いて」

「しかたないよ。自分を責めないで、ケイちゃん。わたし、怒ってないよ。ケイちゃんがなにも訊いてくれなかったことも、わたしに嘘ついてお友達と遊びに行ったことも、卒業式で目も合わせてくれなかったことも、東京に行ってからは連絡もとれなくなったことも。それから、一緒にやってた日記を黙って消しちゃったことも」

南のうしろで、愛莉がはっと息を呑んだ。控えめなほとんど声にならない声だったが、まるで頬を叩く音のように高らかに響いた気がした。

ライター業のきっかけになったウェブ日記をアカウントごと削除したのは、それをもとに本を出版するという企画が具体的になりはじめたころだった。開くのとおなじく、消すのもあっというまだった。開設したときのほうが、いろいろ入力しなくてはならないぶん大変だったかもしれない。いつのまにか数年ぶんになっていた過去の積み重ねは、時間にしてものの数秒、クリックひとつであっけなく消えた。

自分だけではなく芹奈のぶんまで、まるで最初からなかったように。

なんで、とかすれた声で口にしてから、なにを訊きたいのかわからないことに気づく。なんで知ってるの。どうしてわかったの。そんなこと、どちらかといえば知りたくない。

「はじめはショックだったけど、わかったの。わたしが変わっちゃったから、捨てられたんだって。わたしと一緒にいても、楽しくなくなっちゃったんだからしょうがない。ケイちゃんには、理解しあえるお友達がほかにいるんだからって」

金田一少年にかぎらず推理もののマンガやドラマを見るたびに、どうしていつも犯人が黙って名探偵の演説を聞いているのか疑問だった。そのあいだに逃げるなりなんなりできるだろうと、ご都合主義にすら感じていた。いまようやく、少しはその心境がわかった気がする。

「でも、きっとその子たちがたとえば結婚とか出産とか、それぞれ大変なことができて、話が合わなくなって……そうやって環境が変わったら、ケイちゃんはほかの友達のことも捨てるよね。べつにわたしだけじゃない、そう考えたら、あの日のことも許せたんだ」

そんなに広い部屋ではないが、それでも芹奈のいる場所までは腕を伸ばしても届かない。それなのに、まるで顎をつかまれたように視線を逸らせなかった。うしろから愛莉の呼吸音が聞こえてくる。南は彼女に対してはじめて、お願いだから帰ってくれと願っていた。

「雑誌の連載ね、いないあいだに見たよ」

今度は推理するまでもなかった。毎月の見本誌は、該当のページに付箋が貼られて送られてくる。机の脇に積まれていたバックナンバーを読んだのだろう。

「ケイちゃんらしいなと思った。華やかで、楽しそうで」

にっこりと、火にあぶられた虫のように芹奈の口角が反り返った。

「うらやましいな、わたし生きるのに必死で、あんな生活する余裕なんかあったことないから。どこで間違えたのかなって、涙が出そうになっちゃったよ」

だれかが楽しんでくれるように。悲劇のヒロインよりも、喜劇の脇役に。

そう考えてきたつもりだった。自分が人を傷つけたことなんて、それもいちばん身近にいる人間のSOSに耳をふさいだことなんて、一度もないような顔をして。

「……ねえ、南」

愛莉がふいにささやいて、うしろから服の裾を引いた。

むかし綿菓子にたとえられた声は、十年経っても相変わらずだった。ふわふわとやわらかく、もやの向こうにいるようにとらえどころがない。そういえばはじめて南と口論になったときも、学生時代に部室で先輩に引導を突きつけたときも、愛莉はこの声を出していた。

振り向いたらきっと、二度と見たくないと思っていたあの能面みたいな顔が間近にある。そう考えるともはや、立っているのが精いっぱいだった。

「よく、わからないんだけど。さっきからなにを言ってるの？」

覚悟を決めて振り返ろうとしたときには、愛莉は南の前に回り込んでいた。ふたりとも身長がおなじくらいなので、顔の前にちょうど後頭部が来た。真夏でも相変わらず白い首は、青っぽい蛍光灯の下でも異様に紅潮している。おくれ毛の向こうの血管が一本一本確認できそうな距離に立たれて、南からは芹奈が見えなくなる。

「捨てる捨てないって、そもそもわたし、南のものだったことなんてないよ」

こんどこそ、南はその場にへたりこんだ。

顔の高さにふたりの足が見える。ビビッドピンクをストッキングで隠した愛莉の、芹奈の長いスカートから覗く、寒々しくひび割れた親指の。呆けている頭上で深く息を吸いこむ音がして、とっさに耳をかばって伏せた。聞きたくないと強く感じたのは頭ではなく体で、運動会のピストルに怯えていた芹奈の気持ちがようやく理解できて、彼女を臆病だと内心下に見ていたことをすぐにでも土下座して謝りたかった。

「嫌になったら離れる。それだけの関係なの、わたしたち」

スタートの号砲が鳴って、そこからは堰《せき》を切ったようだった。

「そんなの友達じゃない、っていうなら、そうかもしれないね。だけどそのぶん、一緒にいるときにはものすごく頭を使ってるの。一緒に楽しめる遊びを考えて、言いたいことを言ってもらえるような話の聞きかたをして、相手が間違ってると思ったら黙ってるか伝えるか考えて、でも我慢しすぎて嫌にならないようになるべく遠慮はしないで、だけど配慮はして、傷つけたらどうリカバーするかまた考えて。どうしたらもっと一緒にいられるか、そもそもまだ一緒にいたいか、もうずーっと休みなしで作戦を練ってるの」

饒舌な愛莉の様子に気をとられて、しばらく内容が入ってこなかった。あれなんか想像してたのとちがうぞ、とようやく訝りだしたのは、芹奈のあっけにとられた「……そう」という相槌が聞こえたときだった。

「言いたいことはなんでも言い合うとか、なにがあっても離れないとか、そんなのひとつのやりかたで正解じゃないの。友達なんて立派な名前があるから、やるべきことやしちゃいけないことがハッキリしてるように思えるけどそんなのないの。相手はひとりなんだから。どうするのがベストか、それが自己満足じゃないか、付き合いがあるかぎりずーっと考えつづけるしんどくてめんどくさい関係なの」

「……それができる人なら、それがいいんでしょうね」

「わたし『できる人』じゃないよ。できないことのほうが多いから、めっちゃ甘えてるし。でもそれは友達だからじゃなくて、背中を預けられる相手だって知ってるからだよ。我慢して不機嫌になるより一緒にいて楽しい存在でいたいから。正直に言うね。わたし、この子があなたみたいなことしか言わなくなったらすぐに『捨てる』と思う。でも、いまはそうしない。つまり、あなたに南がなにをしようとどうでもいいってことなの」

下を向いたまま、南は祈るように呼びかけた。

黒田先輩。あなた、とんでもない女を選びましたよ。芯は食えない、どころじゃない。この子は舐めてかかった相手の喉を、甘いざらめ糖をまとった棒の先で抉りにいく女ですよ。それもわたしなんかのために。これが自分を守るためなら、そんなこと絶対できないくせに。

「でもわたし、あなたの気持ちもわからなくはないの。ああいう雑誌とか見て泣きたくなる気持ち。生きるのってつまらないよね。なんでわたしばっかりって思うよね。わかるよ、わたしもだから。だけど、そう言われていま嬉しくないでしょ？『みんなそう』なんて、慰めにならないもんね。人生は自分のものなんだもの。人の苦労なんかどうでもいいし、どん底のときは幸せそうな人みんな、とくに優雅にお稽古事なんかやってる人間なんか、全員死んじゃえって思うよね。すごくよくわかるよ」

南はようやくそろそろと顔を上げ、愛莉のスカートの裾を引いた。

一瞬で、振り向きもせずに払われた。ハエでも叩くような容赦のなさで、本当に虫でも止まったと思われたのかもしれない。女はこえーな、という飽きるほど聞いた台詞が頭をよぎったがすぐ打ち消した。怖いのは「女」じゃない。

「だから飽きるまで不幸でいたらいいよ。まぶしいものを見るのがつらいなら暗いところで目をつぶってればいいよ。だれかれ構わず傷つけてどん底で回復を待ったらいい。これ皮肉じゃないからね。でも、それだけだよ。人は人のことになんかほんとは一ミリも興味なくて、興味持ってもらえるほうが貴重なんだよ。だけどそれも自分の都合なんだから、遠慮なく踏み台にすればいい。それで怒るような相手とはそれまでだよ」

「………」

「でも、転んで必死に起き上がろうとする人を助けたくなることはあっても、手だけ伸ばして上目遣いで訴えてくる人をだれも助ける気にならないじゃない？　失礼だけど、わたしにはあなたがそういうふうに見えるんだ。いけないってわけじゃなくて、それが自分でわかってないのは単純にみっともないと思うんだよね」

　こんな愛莉はかつて見たことがないにもかかわらず、さっきから異様な既視感があった。こういう口調、こういう論法で、こういう話しかたをする人間を知っている気がした。でもこんな感じ悪い知り合いいたっけ、と探してみて、すぐに認めたくない結論に至った。

　いるわ、いちばん身近に。これ、たぶん、わたしだわ。

「環境が変わると一緒にいられないって言ったよね。経験に基づくご心配、ありがとう。でも、そうなったら好きになれる位置まで離れるから平気。わたしが好きなのは『いつもそばにいてくれる友達』じゃないから。あなたと南になにがあったかはわからないしどうでもいいけど、南があなたのせいでつまらない女になったらわたしの人生までつまらなくなるんだからね。そうなったら責任とってくれるの？　なんだったらさっきその片鱗見えてたからね。許したとか言いながらかまってちゃん全開で、南は南で言われたい放題だしイライラしちゃう。だいたい黙って見てればあのわかりやすい説明口調はなに？　こっちのこと無視してるふりしてめっちゃ聞かせてるじゃん、ロールプレイングゲームの村人Aじゃないんだからさ、そういうのがみっともないって言うんですけど。よきところで相槌打たれたいだけなら鹿威しにでもしゃべってろよこのメンヘラが」

聞き覚えのある台詞を合図に、芹奈が一歩を踏み出すのが見えた。

頭の中で、またピストルが鳴った気がした。クラウチングスタートの要領で床に手をついて跳ね上がる。ずっと折り曲げていた足は正座の直後のようにしびれていたが、どこかなじみ深い痛みにもつれるそれをなんとか動かしてふたりの前に割りこんだ。

愛莉に腕を回してぎゅっと引き寄せ、甲殻類のイメージで体を固くする。

少しのあいだ、沈黙があった。それからうしろで、ぱたんと軽い音がした。

南が力をゆるめて振り向くと、そこに芹奈の姿はなかった。代わりに廊下の左手、洗面所のドアが開いている。ややあって出てきた彼女が手にしていたのは、鈍器でも刃物でもなく自分の洗面用品だった。歯ブラシ、タオル、クレンジング剤に化粧水。小さな剃刀は眉毛用らしく、すっかり角が取れて丸くなっている。

部屋でボストンバッグにそれを詰めるあいだ、芹奈はずっと無言だった。

そしてしばらくすると立ち上がり、まとめた荷物を持って戻ってきた。南たちはどちらからともなく体を離し、壁にくっついて道を空けた。芹奈が音もなくサンダルに足を突っ込み、振り向きもせずに出て行ったあとも、しばらくは耳が痛むほどの静寂が続いた。

古いシールがはがれるように、南は壁から離れて部屋に戻った。

なにも変わった様子はない。つけっぱなしのテレビ、その横のパキラ。ローテーブルに置かれた南のスマホの脇に、芹奈がいれたコーヒーがふたつ残っている。テレビを消し、カップを片付けようと触れるとまだぬくもりがあった。一瞬のうちに乗員が消えてしまったという幽霊客船の伝説を思い出し、むりやり視線をひきはがしてパソコンデスクのほうに顔を向けたそのとき、もうひとつの忘れ物に気がついた。

外に出ると、芹奈はちょうどエレベーターに乗り込もうとしていた。飛びだしてくる南を見て首をかしげたが、その右手に視線を移してふっと口元をゆるませる。

「……ああ」

そのため息を聞いて、南はそれがわざと置いていかれたことを知った。

「ごめん、ケイちゃん。邪魔なら捨てて。わたしには必要ないから」

「必要だよ。作ったんでしょ、これ」

目を丸くする彼女の手をとって、そこにスノードームを握らせた。

瓶の中で、銀紙の雪が舞い上がって景色を覆った。エレベーターの強い照明を反射して、それは一瞬、目の前の現実を忘れさせるほどの存在感を持ってふたりの目を引いた。すぐにその輝きは失せてしまい、ガラスの外にはエレベーターのドアが待ちくたびれて閉じるところが映ったが、明かりが消えてもしばらく、内側の雪に灯った光は消えなかった。

「……なんでわかったの」

「わかるよ。すごいじゃん、わたしにはできない」

「そんなのどうでもいいじゃない」

「だれかにもらったんじゃなくて、欲しかったから、自分で作ったんでしょ。せっちゃん、手に入るかはべつとして、わたしたち、自分が欲しいものくらい選べるんだよ。習字教室だって、もうムリして行かなくていいんだよ」

それだけ伝えて手を離した。うなずかれなかったが、反論もされなかった。諦められただけだとしても気配が残ればと思ったし、しょせん他人である以上、それくらいしかできないこともわかっていた。

マンションの廊下を戻りながら、エレベーターのドアがふたたび開く音を背中で聞いた。玄関に入りながら横目で見ると、さっきまで芹奈がいた場所にかすかな光が残っていた。

部屋に戻ったときようやく、南は廊下の光景をまともに認識した。

愛莉が持ってきたビニール袋の中身が、ぶちまけられて一面に散乱している。その片隅では愛莉が壁にもたれて座り込んでいた。タイトスカートにもかかわらずひざを抱えて顔を埋め、汗に濡れた髪がべったり首に貼りついている。不可抗力で大量殺人を犯し、その現場で脱力している少女を連想させる姿だった。

「どうした、具合でも悪い？」

あわてて肩を揺すると、うつむいたまま首を横に振られた。

「あの子は」

「帰ったよ。いや、帰ったっていうか。うん、まあ」

「わたし、めちゃくちゃとんでもないことしたよね」

「う……すまん、わたしが不甲斐ないばっかりに」

「死んじゃったらどうしよう、あの子」

暗い道路を猛スピードで行きかう車。まだ終電までふんだんに走っている電車。しばらく離れた場所にはたしか、増水でときどき死者を出す大きな河もある。不吉な想像が一瞬で駆け抜けていったが、南はわざとつめたく言った。

「そこまで面倒見きれないよ。もういい大人だもん」

「……そうかな」

「うん。それに、たぶん大丈夫だよ。それより怖かったよね、ごめん。愛莉、ああいうの苦手なのにムリさせちゃって」

　愛莉はひざに顔を埋めたまま、さっきよりはげしく首を振った。

「ちがうよ。あんなの、簡単だった」

「え？」

「自分が言われたくないこと、そのまんま出せばいいんだもん。助けてほしいときって、メンヘラとかかまってちゃんとか、わかりやすい言葉でわかった顔されるのがいちばんやなんだよ。知ってる。わたし、わざとやってやったの」

「あー……まあでも、それはわたしのためだし」

　また、ぶんぶんと首が振られた。濡れた体を乾かす犬のようだった。右手で愛莉の背中をさすると、そこからも細かい震えがワイシャツ越しに伝わってきた。

「彼女、わたしなの。鏡みたいだった、最後に見えたあの子の顔」

「……どうした急に、ちょっと混乱してるみたいだけど」

「南がわたしを庇ったとき、正直ざまあみろって思ったもん。南になにかあったらどうしよう、じゃなくて」

　南は右手を愛莉の背から離さずに、視線を床にさまよわせた。

　ポカリスエットのペットボトル、ウィダーインゼリー、栄養ドリンク、野菜ジュース。ビタミンC飲料はおなじものがホットとアイスで用意され、おなじブランドの温熱シートと冷却シートが両方あることにはちょっと笑いそうになった。南をなんとか元気にしようと、考えつくかぎりのものをかき集めたのだろう。いずれにせよいまはどれも青白い蛍光灯の下で、海に沈められた死体のように横たわっている。

「嫌になったら離れるだけなんて嘘ばっかり。わたしもあの子と一緒だよ。これまでだって、さも南のためみたいな嘘たくさんついてきた。結婚のこともそう、南が別れたばっかりだからなんて言い訳でしかない。ただ自分がこのままでいたいってだけでこれまで黙っておいて、いまさら図々しいのはわかってたけどムリだった。だから感謝されるいわれなんかないよ。むしろそんなの、されたくない」

「そんなこと言ったらさあ。愛莉が失恋したときにわたしが事情も訊かなかったの、べつに優しさじゃなかったよ。めんどくさいな、どうせよくある話なんだからとっとと立ち直ってくれないかなーって思っただけ。それこそ、感謝されるいわれはないよ」

「……でも」

「その気持ちがわたしの気持ちだよ。たぶんだけど」

そこで小さく胃が鳴った。愛莉は顔も上げなかったが、よりによってこのタイミングで、と情けなくなる。人間どんなときでもお腹が空くってほんとだなとカロリーメイトやウィダーインゼリーを横目で眺めながら、ふと、それの存在を思い出した。

いったん立ち上がり、部屋に置いた鞄から小箱を取って愛莉の横に戻った。草花模様の包みを開けると、キューブ型のチョコレートが四粒入っている。見た目はそっけないほどシンプルで、作り手の性格からしてもっとデコレーションされていると予想していたので少し意外な気もしたが、ひとつ口に入れてみて納得した。

やわらかなミルクチョコが舌の温度ですぐさま溶け、奥からかなりしっかり焦がされたキャラメルの苦みが立ち上る。それが甘さにひそむカカオの土気を引き出し、えもいわれぬ匂やかさを広げていった。舌触りのいいチョコレートとクリームに粗く刻んだナッツのざらつきが時折混じり、ほどよく違和感を与えている。ただなめらかで甘いだけよりなぜか華やかで複雑で、飾り気のない見た目はたしかに、その風味を十二分に際立たせていた。

すん、と小さく鼻をすすり、愛莉が子供のような声でつぶやいた。

「……なんかいい匂いがする」

「チョコ食べてるから」

がばっと跳ね上がったその顔は、目尻と鼻が真っ赤になっていた。もとが色白なだけによけい目立っている。おー復活した、と思わずつぶやいた矢先に、至近距離から大音量の罵声を顔に浴びせられた。

「はあああ？　信じらんない、なんでこの場面でチョコ食べられるわけ⁉」

「いやお腹すいたもんだから……」

「せめてひとこと『食べる？』とか訊くでしょ、こんな状況なら」

「え、それ逆にムカつかない？　さあこれで機嫌直るだろ感がすごくない？」

「……すごい」

泣く女には甘いもの。友達だったらいつでも味方。たしかに古くから不変の事実なのだろうが、そこに寄りかからないとなにも判断できない関係なんかつまらない。ある程度の基本を身につけたら応用編は自分次第、それくらいでちょうどいいのかもしれない。

「でもだからって、人がへこんでる横でひとり占めするのは絶対正解じゃないと思う」

「じゃあ食べる？」

「食べるわ！」

箱を渡すと、ほとんどやけくそのようにひったくられた。ようやくほっとして、あっおいしい……となぜか腹立たしげにつぶやく愛莉を後目にひざを抱えて天井を仰ぐ。

「そういやむかし、こんな感じで並んで花火見たことあったね」

「あー、あったね。荒川でしょ」

プラリネを食べ終えた愛莉も南にならう。下を向きつづけて首が痛くなったらしい。

「あの日さー、結婚式でスピーチしてくれって頼んできたの覚えてる？」

「……さすがにそんな重大事、すぐ忘れるようなノリで頼まない」

「だいぶ急だったけど、あれ、どうしてだったの」

「うーん……なんだろうなぁ。なんかね、ほとんどの人って、人生で主役になれることは三回しかないんだって。生まれたときと、結婚式と、死んだときと」

「最初と最後はほぼ意識ないんだね」

「うん、実質一回。だからしたほうがいい、くらいの気持ちで教えてくれた人は言ったんだろうけど、それ聞いたとき、わたしすっごい怖くなったんだよね。おまえみたいに人より目立つ特技や個性があるわけでもない、替えのきかない仕事ができるわけでもない、そんな女この先どんなにがんばっても見つけてくれる人なんかいないよ、そこで失敗したらおまえに明るい場面なんか二度と来ないよって言われたみたいで」

「だいぶ暗いわ。逆にその理論でいうと結婚しない人間はどうすれば」

「だーかーら、そのときはそうだったって話！」

だだっ子のようにふれくされてから、愛莉はまた静かな口調に戻った。

「でも、あのとき思ったんだよね。今後のわたしの人生、報われなかったり誤解されたり、そもそも気づいてすらもらえなかったりそんなことの連続かもしれないけど、南がいるかぎり真っ暗にだけはならないんじゃないかって。あっちから来るのが苦いことばっかりでも、だれも褒めてくれなくても、せめて飲み込んでやろうと思えるんじゃないかって」

「……ありがとう」

「いや違うの。いま約束しておけばせめてそれまでは傍にいてくれるだろう、いちばんの友達っていうポジションは空けといてくれるだろうって打算もあった。南はバカ正直でバカ真面目だから」

「いまのさぁ、わざわざ『バカ』つける必要あった？」

「もし結婚式が人生のピークだとしても、それならまあ、あとは余生ってことで……うーん、たしかに我ながら暗い」

「じゃ、そのポジションいったん白紙にしてよ」

天井の火災報知器を見つめたまま言った。愛莉が息を呑んでこちらを見たのがわかったが、目を合わせて伝えられるほどの勇気はなかった。

「約束だからって理由じゃなくて、そのとき心から選んだほうがいいじゃん？　べつに人生一度とは思わないけど、まあせっかくなら後悔してほしくないし。どっちだって嫌いになったりしないし、むしろそれだけの出会いがあったんだなって考えるからさ。そんな約束しなくてもたぶん、ていうか絶対、愛莉なら大丈夫だよ」

「……重かった？」

「あーいや、そういうんじゃなくて！」

愛莉はうっすらと笑って、うそだよ、とつぶやいた。

「まあ、どっちにしろだいぶ先かな。わたし、いまの南以上にロマンチックなプロポーズできる自信ないし」

「愛莉からするの？」

「するとしたらね。さすがに一回断っちゃったしさあ……」

冷や汗はだいぶ引き、紅潮していた肌がもとの色を取り戻している。子供の熱が下がったときの母親ってこんな気分かな、と想像してみた。それでも立ち上がるのがなんとなく惜しくて、しばらくそのまま廊下に座っていた。見慣れたはずの天井が妙に高く思え、散らばった食べ物や飲み物たちと一緒に化石になって海底から水面を見ている気分だった。

「よかった。ぜんぜん顔上げないから、あのまま化石になるのかと思った」

「南はどんな化石になりたい？」

そう訊き返されたので、おなじことを考えているとわかった。

「やっぱりポケモン世代としてはオウムガイかな」

「安易」

「そういう愛莉はどうなの」

「……選べるほど知らなかった」

「たしかに。アンモナイト、カブトガニ、あと、えーと」

頭を使わない話の一方で、南はまったくちがうことを考える。愛莉もいま自分とおなじように、まったくちがうことを考えているだろうと考える。それでもいま共有しているごくわずかなもの、その気配は、自分たちが消えてしまっても残りつづけるかもしれない。くだらなくてか弱い、すぐ忘れてしまうようなものであればあるほど、押し寄せる強い波をひらひらと逃れながら、だれも知らない深い場所でじっと息をひそめるようにして。

「陸上もありだったら、やっぱり夢は大きく恐竜かなあ」

「わたしは水中にこだわりたいな。シーラカンスとか」

「それ、生きてるじゃない。ありなの?」

「ていうか化石って、そもそも状態であって種族じゃなかったわ。大昔に生きてたものがどうにかいままで残ってれば、たぶんなんでもそうだよね」

「あ、ほんとだ……」

それさえあればどこまでも行けると、いまはそう思い込んでいたかった。ゆらゆらとそこにないはずの波にたゆたいながら、南は愛莉とふたり、どこまでも続いてゆく会話の流れに身を任せた。

二十代までは、なんとか誕生日に予定を入れようとやっきになっていた。近い日付で行われる飲み会にはサプライズを期待して積極的に参加したし、彼氏がいるメリットは当日をひとりで過ごしても「お互い忙しくて」と主張できることだと本気で信じていた。そこまで恐れていたひとりの誕生日を、よりによって、三十路という節目の年で迎えた。

パーティもプレゼントもなし、自分のためにブランドものを買うこともせず、デパ地下のケーキどころかコンビニスイーツひとつ食べずに部屋で働いて過ごした。寝るまぎわになってようやく、あれこんなもんだったっけ、と拍子抜けした。子供のころ異様に怖かった理科室の人体模型と、久々に対面したらこういう気分だろうというような。

「よっしゃあああー……」

それからいくつか季節が巡り、また、似たような日を迎えた。

届いたメールを即座に開き、こぶしを握りながら机に突っ伏す。

ある雑誌から依頼がきた海外文学のブックレビューの中に、ひとつ編集長がどうしても首を縦に振らない一冊があった。よくまとめてあるが個性がないという指摘から始まり、修正したテキストは私情が透けて見えると返され、バランスをとれば今度は理が勝ちすぎて初心者がついていけないとつっこまれ、ほかにも細かいダメ出しが相次いだ。ぜったい個人的な思い入れがあるだけじゃん、と呪いながらも南は苦手としている装飾過多な翻訳文を幾度も読み返し、ひだの中に分け入るように話の本質を見つめ直し、登場人物の理解できない言動に寄り添おうと当時の時代背景を調べた。当初の予定は大幅にずれこみ、ほかの締切も重なってきてけっきょく夜を徹するはめになった。最終的にはカラオケマイクの音量を修正するような微調整を経て、ようやく納得してもらえたらしい。

今回の件が割に合っているかどうかはべつとして、むかしに比べあきらかに「若い女性の等身大の目線で」という種類の依頼は減った。そういう仕事を失ったぶん得るものが、この先あるかどうかはまだわからない。たぶんあちらもさほど寝ていないのだろう担当者からのメールには「このたびの誠実なご対応に感謝します。こちらの水準以上の仕事をしていただいた、ぜひ次回以降もご一緒したいと編集長も申しておりました」と気遣いの言葉が添えられていた。決まり文句だから本音かどうかは知らないが、とりあえず若さではないなにかを認めてもらえた気がする。

あと一、二回は直されると見込んでいたので、安堵よりも脱力が大きかった。午後が中途半端に空いたが、大幅に削れた睡眠時間のせいで髪も顔もひどいありさまだし、このまま布団にもぐってぐずぐずしているうちにきょうは終わるだろう。眠気を自覚すると頭が重くなり、机に直接つけていた額が痛くなってきた。とりあえずはベッドへ移動する気力もわかず、顔をうつ伏せから横向きに動かす。

ぼんやりした視界に、ずっと充電器に挿しっぱなしにしていたスマホが映った。いつのまにか、不在着信を示すランプが灯っている。まさかと思ってほとんど本能的にかけ直した相手は、しかし、懸念していたくだんの担当者ではなかった。

「南です。すみません気づかなくて。大丈夫です。はい。いや、そういうことはないですけど……はい？　あ、ほんとですか。あります。じゃ、これからお送りします」

『よろしくお願いしますー』

語尾を伸ばした相手は、取材先の大阪で知り合った女性編集者だった。出版社は覚えのない名前だったが、レコード会社を前身に音楽系の書籍を扱っているらしいと聞いて、専門外の分野だから個人的な縁に留まるだろうと思い込んでいた。

『いや、こないだ聞かせてもらっておもしろかったんですよー。南さんが全国を巡って、実地で集めた習い事エピソード。なーんか人それぞれの生きざまっていうんですか、そういうのを感じて、もしかしたらいけるかもしれないなって。いちおう結果が出るまでよそに持ってかないでもらえますか？』

「よかったー。どこ行ってもなしのつぶてなんで、もうムリかなーって寝かせてたとこなんです。って、蹴られた企画押しつけるみたいになっちゃいますけど」

『大丈夫です、だいたいそういうもんですから。ちょうどうちもいろんなことやっていく方針なんで、流れに乗せたいと思ってます。ただ、あくまで企画会議にかける段階なので確約はないんです。五分っていうか三七くらいなんで、そこはすみません』

「話し合ってもらえるだけ御の字ですよ」

社交辞令ではない。郵送やウェブで企画を送った出版社からはことごとく返事がなく、直接持ち込みOKを売り文句にしていた会社でもサンプルの原稿さえめくってもらえなかったのだ。それで心が折れるほど繊細ではないが、とりあえずいったん寝かせるか、と思う程度にふてくされてはいた。

『……ああ、そういえば、南さん』

じゃあすぐメールします、先日の名刺のアドレスでいいんですよね、と約束して通話を終えかけた矢先に、思い出したように遮られた。

『名刺のメアド見たんですけど。もしやきょう誕生日ですか？』

「あ、はい。あの数字が誕生日なんで」

『やっぱり！　おめでとうございますー』

「ありがとうございます」

もうめでたい歳じゃないですよ、というお決まりの自虐すら出なかったのは、相手の口調があまりにさりげなかったからかもしれない。実際それ以上の言葉はなく、じゃあお願いしますとあっさり通話は切れた。そのあいだにいつのまにか、でろでろに溶けかけていた上半身が四十五度くらいまで戻っていた。

新規メールを立ち上げて、フォルダにまとめておいた企画データを添付する。

「さきほどはご連絡ありがとうございました。この『ベーシックから超個性派まで！　あなただけの趣味が見つかる全国習い事ガイド（仮）』は『ひとりで楽しい・みんなで嬉しい』をコンセプトに、実在する習い事教室を紹介しています。息抜きにしても道を極めるにしても、きっと読者にそれぞれの楽しみを与えられるものと――」

本文を打ち込みながら、自分で考えたきらきらしい売り文句と現状のギャップに面映ゆくなる。だが、えいや、と小さく声に出しつつメールを送り終えたところでやっと背筋が九十度に持ち上がり、はてしなく感じた人間的な行程がただの習慣へと戻ってきた。

シャワーを浴びてドライヤーで髪を乾かし、顔に化粧品と乳液をぺたぺたとつけて眉を描く。上下セットの下着をつけて外出できるレベルの服に着替えてから、とりあえず近所のコンビニに向かい、サンドイッチと麦茶を買うついでに国民年金を納付した。

帰ってエントランスのポストを開ける。不動産の広告やデリバリーのビラを備えつけのゴミ箱に放り込み、立ったままそれ以外のものを確認した。めずらしく、公共料金の領収書以外にもふたつ郵便があった。ひとつはハガキ、ひとつは封筒で、ハガキのほうの差出人は、宛名に添えられたメッセージの個性的な丸文字を見てすぐわかった。

『こないだはありがとー！　むすめです。むかしのマリに激似でさいしょごしゅーきょーさまって思ったけど、いまはこれはこれでありってカンジです。また来てね！』

「ごしゅうきょう……」

教祖にしちゃったよ、と脱力しながら裏返す。

裏面の上半分では、ベリーショートの茶髪になったまりちーが娘を抱いて笑っていた。娘はふてくされたように口をとがらせていて、ぷくぷくした頰に押しつぶされた目は糸のように細い。下半分に毛筆で「凜」とあるのが娘の名前らしい。まりちーがよく使うたおやかな草書体ではなく、がっしりと飾りけのない楷書体だった。ふだんに似ず力強い筆致にちょっと驚いたが、たしかにこの娘には、それがよく合っていた。

もう一通の封筒は、なんの変哲もない白いものだった。ただ、裏面に並んだ連名の差出人を見て、開けなくても内容はわかった。

エレベーターに乗りながら、端を破って中身を出す。折りたたまれたカードを開くと案の定、出欠席を回答するための返信ハガキがはさまれていた。日付は二か月後。場所が東京なのは、全国に知り合いがいるからだろう。

すっかり無沙汰にしていた愛莉から、事前に連絡はなかった。ああそうか、と察したとき、エレベーターが四階に着いた。

あの日、白紙にした約束のことが頭をよぎる。我ながらかっこつけたよなーと苦笑しながら、いったいだれがその座を射止めたのだろう、とサークルの同期の顔を何人か思い浮かべた。あるいは、南の知らない地元の友人や職場の同僚かもしれない。彼女が選んだ相手だから、きっと間違いはない。そう考えてからこれはふつう夫に向ける台詞だと気がついたが、なぜかそちらは頭になかった。

返信ハガキと招待状を鞄にしまい、鍵を取り出す。その拍子に封筒がマンションの廊下に落ちてしまった。拾い上げると破れた口が下向きになり、てっきり中身が空になったと思ったそこからまた、付箋のようなものがぴらりと落ちてくる。

空中で桜の花びらをつかむように、南はそれを手のひらで受けた。

板チョコのひとかけほどの小さなカードには、式場からのメッセージが印刷されていた。新婦のご希望により、当日は友人代表としてご祝辞をいただきたく存じます。ご用意をよろしくお願いいたします。裏返すと丁重な文言とはうってかわった、跳ねるような手書きのメッセージが記されていた。

「びっくりした?」

とっさに振り向いたが、住み慣れたマンションの廊下と、その向こうの住み慣れた街があるだけだった。むかって左側の空が、うっすらと夕日に赤らんでいる。

まるでうしろに立たれているように、その言葉は自然と本人の声で再生された。綿菓子のように甘くふわふわした、とらえどころのない声。ただ、その奥に彼女が注意深くひそめているもの、決して甘くないがかといって毒でもない、それの正体をたぶん、自分はだれよりもよく知っている。

やられた。がっくりしながら、しばらく棒立ちで西の空を眺めた。

それからその場で深呼吸して、ひと足先に宣戦布告を送った。遠い空の下めがけて、声に出さずとも全力で。びっくりしたよ。いまにみていろ。このわたしに頼んできた以上、その日が過ぎても余生だなんて絶対思えない体にしてやるから。前を向き直ってドアを開けながら、返信用ハガキのメッセージ欄になにを書くかはもう決めていた。おめでとう、親友。せいぜいふるえて待て。

本書は書き下ろしです。

伊藤朱里（いとう・あかり）
一九八六年生まれ。静岡県出身。「変わらざる喜び」で第三十一回太宰治賞を受賞。同作を改題した『名前も呼べない』でデビュー。

稽古《けいこ》とプラリネ

二〇一七年三月二十五日　初版第一刷発行

著　者　伊藤朱里
発行者　山野浩一
発行所　株式会社　筑摩書房
東京都台東区蔵前二-五-三　郵便番号一一一-八七五五
振替〇〇一六〇-八-四一二三
装　幀　鈴木久美
装　画　千海博美
印刷・製本　中央精版印刷株式会社

乱丁・落丁本の場合は左記宛にご送付ください。送料小社負担でお取り替えいたします。ご注文・お問い合わせも左記へお願いいたします。
筑摩書房サービスセンター
さいたま市北区櫛引町二-六〇四　〒三三一-八五〇七
電話　〇四八-六五一-〇〇五三

ISBN978-4-480-80468-6 C0093